2021 年度浙江省嘉善县文化精品工程重点项目扶持

进城

曹琦 著

上海文艺出版社

图书在版编目（CIP）数据

进城／曹琦著. — 上海：上海文艺出版社，2023
ISBN 978-7-5321-8741-6

Ⅰ. ①进… Ⅱ. ①曹… Ⅲ. ①长篇小说—中国—当代
Ⅳ. ① I247.5

中国国家版本馆 CIP 数据核字（2023）第 065981 号

责任编辑　毛静彦
装帧设计　长　岛

进　城

曹琦　著

上海世纪出版集团　上海文艺出版社

上海市闵行区号景路 159 弄 A 座 2 楼　201101

上海文艺出版社发行中心发行

上海市闵行区号景路 159 弄 A 座 2 楼 206 室　201101　www.ewen.co

苏州市越洋印刷有限公司印刷

开本 787×1092　1／16　印张 11.5　插页 2　字数 145,000

2023 年 8 月第 1 版　2023 年 8 月第 1 次印刷

ISBN 978-7-5321-8741-6 / I·6887　定价：45.00 元

告读者　如发现本书有质量问题请与印刷厂质量科联系
T: 0512-68180638

历史不过是追求着自己目的的人的活动而已。

——卡尔·马克思、弗里德里希·恩格斯 《神圣家族》

一

进入 2009 年元旦以后，刘建新觉得"13"这个数字成了自己的魔咒。

1月13日，老婆李美丽上街买东西，顺便去看望在县城高级中学念书的女儿刘晓宁，不料在中山路上被一辆摩托车迎面撞翻，摩托车逃之夭夭。李美丽右腿骨折，在县第一人民医院住院大楼七楼的骨科病房13号病床上躺了整整一个月。除了医药费外，还要自己负担每天一百二十元的护理费，现在一百天过去了，也只能拄着拐杖在院子里一跛一跛的，远远看去很像一只瘸腿的肥鸭。2月13日，应该汇到账上的六十万款子没有到账。三个月前，他给县城的大新建筑公司送去了一千五百张木工板，公司老板陆建中是他多年的朋友，陆建中告诉他，款子已经汇出，现在的银行为了赚钱，往往故意拖几天，利用时间差放贷收取利息，所以汇款应该还在路上。三天以后，陆建中打来电话连声说抱歉，由于公司贷款到期，银行电脑自动把这笔款子划走了。公司现在没钱了，不过，他会想办法筹款尽快汇过来的。刘建新听得目瞪口呆，彻底糊涂了，弄不懂究竟是自己错了还是陆建中油滑了。可不管怎么说，他的嘉德县武水振兴预制品有限公司由于没有按时归还银行贷款利息，不仅被罚款，而且银行信用度也下了一个等级。

3月13日，他进县城到工商部门补办年检登记手续，中午在梅苑酒店喝了点黄酒，出来后感到困乏，看到马路对面的天足阁门口，有几个漂亮妹妹朝自己频频招手，心中一迷糊，就跟了进去。原本讲好只泡泡脚，后来却被半推半就扶到按摩床上，就在他飘飘欲仙的时候，警察进来了还拍了照。他再三解释，讲自己仅仅是按摩，没干别的，还说认识你们队长，上星期五晚上还一块儿喝过小酒。那小警察笑笑说，你和我们队长认不认识跟这件事无关。即使你没干别的，这异性按摩也不允许，你赤条条地躺在这里，是搞行为艺术啊？一个半小时以后，他朋友杭金土替他交了罚款，刘建新走出了治安所。那小警察告诉他，这是最轻的处罚，如果是公务员，要通知单位派人来领回去，还要开除公职，是共产党员的还要开除党籍。考虑到他是老板，今后还要在社会上走动，这一切就免了，连家庭都不通知了，这也是治安执法人性化的具体体现。刘建新千恩万谢。当天晚上一些老板做东为他压惊，嘻嘻哈哈地闹个不停，有人还问他压在靓妹身上的感觉爽不爽。刘建新没有说话。那时他迷迷糊糊，又喝了点酒，连自己究竟有没有做那种事情，也有些糊里糊涂了。也许做了，也许自己还没来得及干那种事情……

今天是4月13日。又是一个十三，又会发生什么事情呢？

清晨，天色灰蒙蒙的，就像是一盆清水洒进了半勺水泥，天空失去本色。从屋后面老爸的禽棚方向传来第一声鸡打鸣时，刘建新就从床上翻卷起来。这位身材矮小、面目黝黑而精神旺盛的老板打算进城一趟，去找大新建筑公司老板陆建中催讨六十万木工板的垫付款。他已经有两个月没有给手下的民工发工钱，想到民工们冷漠、期待交错的复杂目光，他的心里就充满了忐忑不安的情绪，还含有几分隐隐约约的害怕。可是，透过窗户的光亮，他看到墙壁日历上红红的"13"时，心里又犹豫了。

老婆李美丽见他脸色不好，以为病了，连忙问他想吃什么药。刘建新见老婆戳自己霉头，心中有气，可也懒得理她，鼻孔里哼了一声，甩手走出院子。这时，他看到父亲刘福祥的背影在晒场对面的橘林里晃动，心里想，这一百二十棵橘树能赚几个钱，值得这样起早贪黑？他心里这么想，脸上却浮起笑容，高声说："爸，活动活动身子骨啊？"刘福祥不知道是没有听见还是不想理睬，连头也没抬，继续慢吞吞地修剪枝叶。

刘福祥是合作化时的积极分子，县工作组培养他入了党，十八岁担任高级社社长，后来高级社改为生产大队，又担任了大队支书。整整当了三十年。20世纪80年代中叶，武水镇里办起幸福铸件厂，又把他调过来当厂长。厂长当了三年，他自动提出不干了，原因是农村活他样样懂，跑供销他一窍不通，仓库里堆满了辛辛苦苦浇出来的铸件，账面上却没有一分现金。刘福祥回到村里，村里早就有了书记，而且村里也办了企业，田里农活反倒靠后了。镇里安排他担任村民委副主任，其实是挂个名有个说法，每月可以领取五十元的生活津贴。刘福祥闲着无事，除了忙自己家的农活，就想好好调教儿子，让他成为自己的接班人，将来也当村支书。谁料，刘建新犟头倔脑不听调教。初中毕业以后，在幸福铸件厂当了半年翻砂工，以后又独自一人闯天下，先在运河上跑运输，后来又到上海十六铺码头当搬运工，以后又突然杀回马枪，回乡承包了幸福铸件厂。他六亲不认地辞退邻里乡亲，招了一帮说话卷舌头的外地人，办起振兴预制品有限公司，做起了水泥楼板的生意，把刘福祥气得鼻孔冒烟。虽然幸福铸件厂负债累累，但说到底，总归是集体企业；幸福铸件厂也确实需要有人来拉一把，可这个人不应该是刘建新。老子是共产党的村支书，儿子却一门心思挖社会主义墙角，这让老子的脸往哪儿放？

自从振兴预制场办起以后，幸福村里可热闹了，地里的小白菜被拔了，棚里的鸡飞了，猪圈的门框被拆了——村民们讲，刘建新引来了一帮贼，搞坏了村里的风气。刘福祥真是无地自容，巴不得振兴预制场立刻倒闭，那帮外地人卷铺盖滚蛋，儿子也可以改邪归正。谁知，振兴预制场不但没有倒闭，反而越办越兴旺。后来，村民们也渐渐地不骂娘了。他们慢慢地发现，旧房闲屋都成了摇钱树，哪怕是一个破猪圈，出租后每个月也能收三百块钱，比地里的小白菜金贵多了。刘福祥骂儿子的底气也越来越不足。一次家里吃饭，刘福祥嘴里嘟嘟哝哝，刘建新不耐烦地把筷子一摔，没好气地说："你瞎嚷嚷啥，没有我的上交款，村里缴不起电费，你生活津贴都没地方领！"老伴周园珍也说他年纪大了，脑筋不好使了。从此，刘福祥对儿子的事是睁眼闭眼，可昨晚发生的事情，又让刘福祥光火了一回。

昨天下午，刘福祥在村口小卖店买了包"利群"烟，叼了一支，坐在长板凳上和人闲聊，对面摇摇晃晃走过来一个人，说："老爷子，福气呀！"刘福祥认得那人叫孔华明，河南人，是儿子预制场的帮工，就点了点头，继续和别人聊天。谁知那孔华明问："老爷子，啥时给我们发工钱呐？"刘福祥瞅他一眼，说："这事找你们老板去，问我干吗？"孔华明瓮声瓮气地说："没钱发工钱，有钱塞狗洞，老板都一个德行！"

刘福祥像被人劈了耳光，脸颊火辣辣的，一句话不说，气鼓鼓地走了。刚走过两条田坂，迎面遇见媳妇李美丽。李美丽问："爸，咋地啦？不舒服？"刘福祥摇摇头，一声不吭地往自己屋里走，在心里骂了一句："这个小兔崽子，越来越不像话了。"

李美丽这个媳妇是他和老伴周园珍共同看中的，勤快、朴实、节约，对待老人和气孝顺，又是老朋友李利中的女儿，小学时还和儿子同一个班级，所以，酒杯一碰，这门亲事就算敲定了。刘建新二十二岁结婚时也没有提出反对意见，第二年就有了女儿刘晓宁，过了六年又有了儿子刘晓平。按理这小日子过得够可以了，可刘福祥渐渐发现，儿子对媳妇不黏乎，年纪轻轻外出闯天下，难得回家一趟，也常常一个人睡在北面的小屋里，明白儿子在外面跑码头心野了，眼界高了，嫌媳妇低了。周园珍劝了几次没有用，刘福祥骂了几次也不见效果。看到李美丽平时闷闷不乐的模样，刘福祥心里就觉得对不起亲家李利中。现在听到儿子嫖娼，那是更让自己丢脸的事。儿子结婚以后，虽然按照农村风俗已经分开单过，但也只是屋前屋后的距离，喊一声就能听见。刘福祥明白这种事情不能让儿媳妇知道，就在傍晚时打个手机，说他妈头晕病又犯了，让他一个人过来一趟。刘建新晚饭后过去，还没在屋里喘口气，就被父亲甩了个耳光。他怎么解释都没有用，也一甩手很生气地走了。

刘建新见父亲头不抬，依旧在慢吞吞地修剪枝叶，不由地摇摇头，沿着乡间水泥路朝前走去，心想："嗨，父亲是越老越独了。"

刘建新住的这个村原先叫独头圩，村前有一条宽阔的河流，叫"独头浜"。"独头"在本地有一种解释，就是"傻头傻脑"。20世纪50年代，村里出了个农民诗人，站在独头浜边大声朗诵自己写的诗歌。

啊……东风吹拂百花开，花团锦簇春满园。
啊……村前有条幸福河，幸福河上歌声来。

村民们听了，拍手齐声叫好，经过公议，民政局也批准，独头圩更名为幸福村，"独头浜"成了幸福河。刘建新沿着幸福河边向前走，一会儿就看到灰蒙蒙的振兴预制品有限公司，很像是一张放大的半旧的黑白照片躺在露天中。

二

　　武水镇是嘉德县的城关镇。当初，镇政府在幸福河边选址建铸件厂，主要考虑到这里是集镇和幸福村的结合部，人来客往比较方便；幸福河与太浦河相通，太浦河又连接黄浦江，可以节约运输成本。所以，镇政府花了许多钱平整场地，拉架电力线，购置自行车，原想把铸件厂办成镇政府的钱袋子，没想到这些设备最后都便宜了刘建新。刘建新当了老板以后，只修了二百五十三公尺通往河边的水泥路，搭了一个简易码头，其他设备都是以前有的，仅仅是象征性地付了一点折旧费。这也是刘福祥的恼火之处，想不到看起来憨头憨脑的儿子，挖起社会主义墙角来，竟然比猴子还精。

　　公司铁丝网大门懒洋洋地半敞开着，很像一个流浪汉半遮半掩的旧棉袄。门口蹲着一只藏獒，看见刘建新，发出低沉的呜呜，试图奔过来，可刚冲出几步，就被项上粗粗的大铁链子拖了回去。这只藏獒原本是黑色的，此刻皮毛上沾满了灰蒙蒙的水泥粉尘，它是刘建新花十万块钱，从一个朋友手里转让来的。刘建新很喜欢这只猛而凶的藏獒，但又有几分怕它，毕竟这只藏獒不是自己从小喂养大的，也不能随心所欲地使唤它。刘建新蹲下，轻轻抚摸藏獒的后背，眼角的余光却飘向干活的民工。

西边的场地上堆积许多袋水泥，像一座小山，用一块绿色大帆布盖着，只露出一角，便于民工们取水泥。东边是施工场地，一个叫许建国的安徽民工带着十几个人围着搅拌机，有的拿着铁铲划破水泥袋纸，有的往斗里倒水泥，有的赤脚拎着皮管灌水。孔华明是掌管电闸的，他瘦瘦长长的，打着赤膊，穿着短裤，很像一个钉在地下的圆规，嘴角衔一支烟，烟还没有点火，满是灰尘的脸上，一双小眼睛滴溜溜地放光，神气活现地站在电线木杆下。木杆上有一个"赤膊"电闸，推上闸刀，搅拌机就轰隆隆地转动起来。刘建新拍拍藏獒的屁股，站起身走进大门，一阵风刮过来，卷起大片的灰尘，呛得他差点透不过气。他连忙呸呸几下，用力吐出嘴里的沙土。这时，他看到沈前进和另外七八个民工坐在拉丝机边侃大山。

"都说那女的是狐狸精，能把人缠死不后悔。你看这黑灯瞎火的，两边是河，中间是座小石桥，河水在桥下哗哗地流，那个急哟，桥头嗖嗖地吹着冷风，刮得你头皮阵阵发凉，天上一颗星星也没有。隐隐约约地瞧见一个穿着白色裙子的女人在前面飘飘忽忽地走，一步一步地上了桥。按理说，那个金大头也该琢磨琢磨，可他倒好，愣说那是财神菩萨显灵，连个嗝都没打，撒开腿就追了上去，只听扑通一声，人没了。"

一个叫"黑皮"的年轻民工问："那后来呢？"

沈前进比画手势，说："第三天中午，有人在 15 里以外的里仁港发现了金大头的尸体。这不，这会儿黑妹还在镇政府里哭闹，要二十万抚恤金呢！"

刘建新听到这里，心头猛烈地跳跃，一件往事涌上脑海。年轻时他在上海十六铺码头扛一百六十斤重的麻袋，每天凌晨趁黄浦江退潮时坐船出门，晚上再在黄浦江涨潮水时回家，累得精疲力尽。那天夜里他坐船回到村口，跳下船往家里走，之间要穿过一片桑林一片坟地。当他走到桑林尽头时，突然被眼前的一幕惊吓住了。明亮的月光下，在一片坟地的空隙处，站立着十几只大小不一的黄鼠狼，只只前爪拱起合一，动作整齐划一，昂起头对着月亮发出呜呜的声音。刘建新大叫一声，连自己也不知道是怎样连滚带爬地奔过坟地，到家后发起了高烧，很多人说他是中了"邪"。从那以后，他对这些"异象"始终心有余悸。怎么现在河里也闹鬼了？他正呆呆地想，黑皮的声音又响起来了。

"哪里来的大头鬼哟，大头是自己掉进河里的，分明是讹钱嘛。我听说他把钱输了，要是让黑妹知道，那蛋黄还不给她捏成泥浆。大头不敢回家，喝了八两烧酒解解闷，哪晓得这八两烧酒成了大头的催命鬼。"

沈前进觉得权威受到挑战，提高声音说："怎么没有关系？当然和镇政府有关系，金大头是镇政府的黑猫警长，黑猫警长死了，镇政府当然要赔钱。上回卫生院的王医生跳楼死了，王医生老婆将尸体抬到卫生局的走廊上，局长一个电话，卫生院还不是乖乖拿出二十万。都是死了人，王医生得的还是忧郁症呢，和卫生局没有半毛关系，为啥咱农民工就没这个待遇？"

刘建新听到这里眉头一皱，金大头的事情他也听说了。金大头的尸体现在还躺在镇政府会议室的长桌上，金大头的老婆黑妹他也认得，长得三大五粗，活脱脱一个母夜叉，在集镇上姚达军的川菜馆里帮工。金大头的事情与自己无关，赔多赔少那是镇政府的事儿，但振兴水泥预制品有限公司除了自己和一个管钱的女出纳李小芙，其他五十多人都是来自川滇黔豫的民工。这些民工大都爱酗酒，尤其喜欢喝烧酒，喝了酒后喜欢乱窜，万一不小心"窜"到河里，自己不就成了第二个"镇政府"？刘建新咳嗽一声，说："老沈，说啥新闻呀，也让我听听。"

沈前进抬眼瞅见刘建新，顿时感到浑身不自在，连忙站起身挥挥手，让大伙儿去干活。沈前进四十出头，河南驻马店人，身材厚实，肤色黝黑，剃着光头，披了一件黑色的夹袄，坐在地上就像一朵黑云。

他十七岁外出打工，跑了不少地方，到嘉德武水落脚也快二十年了。他喜欢武水是因为这里离上海、杭州、苏州都不远，地方说静不静，说闹不闹，生活富足，民风淳厚，过年过节要回家坐车也方便。他在嘉德站稳脚跟以后，和同乡姑娘万鲜花成了家，有一男孩沈国荣，在民工希望子弟学校读初二。这些年，他又陆陆续续把父亲沈大为、哥哥沈跃进一家以及不少乡亲带到了武水镇。现在父亲沈大为在县城中山社区内租了个店面，专门送纯净水，沈跃进当清洁工，负责清扫几条大街，侄子沈军在县经济开发区当保安，只有母亲姜桂花说是不习惯城里生活，硬是躲在老家山区不肯出来，嫂嫂徐秋燕只得留在那里照顾婆婆。沈前进能把乡亲们带到嘉德，固然和他豪爽的天性有关，但刘建新在中间也帮了不少忙。沈前进的亲友陆续到武水镇以后，刘建新利用自己的圈子，帮助安排进了企业，沈前进在亲友面前有了面子，内心感激刘建新，总觉得欠了老板的人情，干活也很卖力。他知道昨夜刘建新挨了老爷子的骂，心中很过意不去。这是他惹的祸。前几天，他去镇上姚达军开的幸福川菜馆喝酒，姚达军是三峡移民，也是他朋友，他老婆万鲜花就在川菜馆帮工。喝酒时，姚达军提到刘建新嫖娼被罚款的事。沈前进开始不相信，说公司春节后就没有发过工钱，老板还有心情玩小姐？后来姚达军讲，是一个在派出所当协警的朋友说的，让他千万别在外面瞎说。沈前进喝完酒回到出租房，聚了几个民工打牌，脑子一兴奋就管不住嘴，还添加了自己的许多想象，结果引来了阵阵口哨。沈前进见刘建新脸色阴沉，心中忐忑不安，喃喃地说："老板，清明节过了，该发点工钱了。"话才出口他就觉得不妥，因为清明节按风俗是鬼节，哪有借鬼节讨工钱的，可已经来不及，只得尴尬地看着刘建新。

刘建新不知道嫖娼被罚款的事是沈前进传播的。他原本心中烦闷，随意到厂里走走看看，自己也不知道要去什么地方，现在反倒被沈前进提醒了，就笑着说："老沈，你们干活辛苦，这钱，肯定要发的。

我这就进城讨债去。"

刘建新想到女儿晓宁现在是高二下半学期,高二下半学期是高中最关键的阶段,一般来说,高二下半学期的成绩,决定了你的高考成绩。虽然刘建新自己不喜欢读书,但对女儿的读书却抓得非常紧。他清楚,尽管自己通过在县城买房,户口进了城,却还是不能享受城里人的各种待遇,在城里人眼中,自己哪怕再有钱,依然是个土鳖。所以,女儿只有通过上大学,才能真正漂白"身份"。晓宁是住校生,难得回家,刘建新平时通过电话和班主任张德法联系。以往到了年底,他都要去张德法家里拜访,今年元旦,他被到期的银行贷款缠得焦头烂额没有去成,春节期间,张德法又回贵州老家去了。刘建新没有上门,心中总觉得有点空落落。现在他决定了,赶紧进城,如果时间来得及,中午就在梅苑酒店请张老师吃顿饭。

地平线渐渐地明亮起来,天空也慢慢地转成了淡青色,在厚厚的云层中出现了一丝丝的光亮,很像是一块大玻璃被人用硬币划了几道口子,亮得有些刺眼,缺乏滋润的鲜亮。风渐渐地歇了,幸福河水在缓缓地向前流淌。刘建新想到进城去要工钱,就嘱咐沈前进抓紧干活,少和民工瞎扯蛋,然后转身向财务室走去。

三

武水振兴水泥预制品有限公司的大门口，挂了一块很大的白底黑字的木头招牌，是刘建新破费了一坛嘉德老窖外加一条利群香烟请本镇一位书法家写的，人们很远就可以看到那墨迹遒劲的公司招牌。但是，公司没有办公大楼，只有两排简陋的平房，还是老的幸福铸造厂遗留下来的，这就是刘建新的精明处。尽管公司生产的就是造楼房的水泥预制板，地皮也是现成的，可刘建新还是一切从简。一排平房用作仓库堆水泥，另一排平房进行简单间隔以后，一间用作总经理办公室，一间用作民工伙房，最西边的那间用作财务室兼值班室。到了晚上，财务抱了铁皮钱箱回家，藏獒上岗，连门卫的钱也省了。

他走进公司财务室。财务室的空气里，洋溢着一股说不清楚的腥臭味。说是财务室，却没有会计，公司平时的过往账目以及和工商、财税打交道，统统是他亲自经手，从不让外人沾碰。那李小芙名义上是出纳，其实也就是一个管钱的。这李小芙还是他老婆弟弟的女儿，论辈分该叫他姑父，去年高中毕业没考上大学，就匆匆忙忙让人教了三天财务基础知识，然后进公司当了"出纳"。李小芙打扮得花枝招展，正坐在朝南窗口的转椅上，拿着不锈钢叉子一根一根地挑吃刚刚泡好的"康师傅"，耳朵里插了MP3，嘴里哼着歌曲，胖而红的脸蛋上透出兴奋的色彩，见刘建新耷拉脸色走进来，连忙一边从耳朵里拔出耳机，一边站起来问："姑父，有事？"

"给我拿八千块钱。"

"这么多，干啥用？"

"你是老板还是我是老板？"当初李小芙进公司，就是老婆安排在身边的"眼线"，刘建新心中原没有好感，说，"快点，我要进城。"

一听姑父要进城，李小芙更来精神了，她才不怕刘建新呢，姑妈让自己专门盯住姑父，自己可不能辜负姑妈的信任。她放下不锈钢叉子，慢吞吞地说："姑父要进城，上哪儿去？"

刘建新说："你问那么多干吗，管好你的账就行了。快，拿钱。"

李小芙拉开抽屉，笑嘻嘻地说："姑父，你瞧，我这里只有一千多，拿不出八千元。"

刘建新差点气歪鼻子，说："小芙，我以前几次告诉过你，公司平时最起码要有一万块钱流动资金，你怎么就不往脑子里去？我看，你这个出纳就别干了，跟沈前进他们去拌水泥吧。"

李小芙撇撇嘴，说："姑父，你发火干啥？一万块备用金放在抽屉里过夜，我能放心吗，丢了，我赔还是算你的？财务上是有制度的。再说，我怎么知道你要进城呢，你要进城也该和我提前打个招呼，我好捯前给你预备钱。你看这样行不行，我开张现金支票，你自己到城里的农业银行去取吧。"

李小芙说话时，故意把"提前"两个字咬得很重。刘建新气得脑门冒烟，又无可奈何地点点头，催李小芙赶快填写现金支票。太阳从云层中顽强地露出脸，预制场内雾气、灰尘交织一起，白茫茫的一片。这时，刘建新透过尘雾，看见一个女子挺个大肚子急匆匆地推开铁丝网大门，朝水泥场奔去。他不知道发生了什么事，也懒得去问。就在他小心翼翼地将现金支票放入贴身口袋时，尘雾中传出沈前进暴雷般的声音："她奶奶的，兄弟们，操家伙，跟我走！"

随着沈前进的怒喝，三十多个民工有的拿铁锹，有的拿铲子，有的拿木棍，还有的随手抄起一件家伙就朝大门口奔。刘建新见民工们刚才还嘻嘻哈哈，转眼间变得凶神恶煞，不由得大吃一惊，连忙追出门大吼一声："站住，都给我站住！老沈，你们干啥去？"

　　沈前进脸色发青，说："老板，这太欺负人了，你说还让不让人活了？"

　　刘建新说："嗨，究竟发生什么事了，你慢慢说清楚。"

　　武水振兴水泥预制品有限公司的民工来自川、滇、黔、豫等不同的省份。为了管理方便，刘建新挑选了几个年轻力壮又有胆量的民工当"老大"，哪个地方的民工有事，就让哪个地方的"老大"去摆平。刘建新平时在暗里也塞些小费。沈前进资格老，力气大，胆儿也大，遇事又爱出头，时间一长，无形中就成了"老大"中的老大。沈前进正要说，那女子发急地说："沈大哥，来不及了，快走吧，再迟阿狗就没命了。"

　　刘建新这才注意到那挺着大肚子的女子是夏秋雁。夏秋雁和她的丈夫田阿狗都是河南人，田阿狗在集镇东郊的跃进木业公司打工，夏秋雁在跃进木业公司伙房里烧饭，和沈前进挺熟悉，经常有走动。刘建新还想问，沈前进说："老板，时间来不及了，回头我再告诉你。"他把铁锹往空中一举，说："兄弟们，找王胖子算账去，阿狗兄弟要是有个好歹，我们就把他的场子给砸了。"

　　民工们怒火燃烧，拿着家伙冲出了厂门，村道上卷起呛人的尘土。望着呼啸而去的民工，刘建新总算听出了一丝道道，顿时急出一身冷汗。他知道砸厂子是犯法的事情，公安肯定要介入；再说砸了厂子，也等于砸了对方厂子民工的饭碗，对方厂子的民工为了保住饭碗也会动家伙，一旦发生械斗，恐怕就不是赔钱能够解决的。将来公安如果追查责任，赔钱恐怕比镇卫生院还要惨，还会进拘留所里去住上一段日子。

阳光下,他的额头沁出了细碎的汗珠,进城的念头早已经丢到九霄云外。他几近绝望地朝跃进木业厂的方向奔跑,心中祈祷可千万别出人命,想到今天的日期,不由在心中直叹气,对自己说:"咳,这倒霉的 13 呀!"

四

跃进木业公司已经乱成一锅粥。

跃进木业不仅仅是全县也是整个地区赫赫有名的木业大户。作为龙头企业的总经理兼董事长的王明龙是省人大代表，还是市工商联的常务执委。以往有外商或上级来考察，领导们总是喜欢带他们到这里转转，也总能获得赞扬声。

可是，现在的厂区内已经成了混乱恐怖的世界。尖厉的警报声在微有酸味的空气里穿梭，警灯不停地转动，发出触目惊心的红光，警戒线拉了好几道，员工大都被疏散到隔离带外面，没有跑出厂区的员工也被民警堵在过道里不让靠近。两辆红色的消防车呼啸而至，车在厂门口还没有停稳，消防队员便纷纷跳下来，抱着水枪、水带往里冲……

一辆绿色的公安指挥车飞快地驶入公司大门，在总部大楼前的空地上画个弧线停下，走下来一个神色严峻的中年人，问："现在情况怎么样？肇事者控制了没有？"

"没有。田阿狗坐在木材堆上，情绪很急躁。"说话的是个三十来岁的民警，脸色有些发白，边敬礼边结结巴巴地说，"他抱了个汽油瓶，口口声声说要和企业同归于尽。"

中年人快步往里面走，说："你们已经采取了什么措施？"

民警说："群众都已经安全疏散，我们正在劝说田阿狗。"

中年人点点头说："你叫什么名字？"

"我叫姚新敏，是武水镇派出所所长。"

"你是所长？不在现场指挥，跑到这里干啥？"

"我来这里等候蒋书记的指示。"

"等候我的指示？"

姚新敏见蒋建良面沉如水，嘴角边露出一丝冷笑，心中有些发颤，鼓起勇气说："蒋书记，为了防止事态扩大，尽量减少生命和财产损失，我们初步拟定了一个方案。"

"方案？什么方案？说来听听。"

"狙击手已经到位……"

一语未完，蒋建良不由自主地打了个寒噤，仿佛不认识姚新敏似的，狠狠地瞪了他一眼，这一瞬间，他突然想起办公桌上组织部门推荐的后备干部名单中，似乎有个叫姚新敏的，不由厌恶地说："胡闹！"

蒋建良快步向前走去，绕过办公楼，就见前面的车间乱哄哄的，一百多个工人被死死地挡在了门口，电视台记者王永昌夹在人群中间，两只手拼命地护着摄像机，顾长结实的身体犹如一片树叶，想随着汹涌的人流挤进去，被民警强硬地挡住了。蒋建良还没有靠近车间，就有一个中年民警上前阻拦，蒋建良认得那人是分管刑事的公安局副局长冯海泉，也不说话把手一摆，自顾朝里面走，冯海泉不敢阻拦，只得紧跑几步，指挥民警在人流中强力打开一条通道，让县委书记通过后又立刻堵上。

车间很宽敞，也很凌乱，制板机、压板机、油漆桶、胶水桶以及木质材料堆得到处都是。车间的空气中弥漫着浓重的油漆味和汽油味，还有一股说不清的刺鼻酸味。蒋建良眉头一皱，目光落在车间的右角：那里堆放着成品胶合板，一个二十多岁的小伙子坐在胶合板的顶端号啕大哭。

"昨天老子想请假回家看看老妈，今天老板就说我违反公司规定，扣掉一千块钱工钱，还叫黑猫警长打我，老子不活了，老子和你们拼了。"

人群一阵骚动，发出嗡嗡的声响，民工们像潮水一般向前涌，被民警们死死地挡了回去。那个凄厉的声音犹如黑夜里受伤的野狼在嚎叫，顽强地撕破巨大的声网，又在车间上空回荡起来。

"三个多月了，一分钱也没有发，说是给我们存起来，就是不想让我们回家过年，连银行利息都省了。"

蒋建良阴沉着脸，从牙缝里狠狠地吐出两个字："浑蛋！"

冯海泉小心翼翼地说："蒋书记，你有什么指示？"

蒋建良正要说话，忽然看到人群中王永昌将摄像机对准了田阿狗，不由得皱皱眉头，说："他怎么进来的？别在这里添乱。"

"哦。"

冯海泉答应一声，他知道王永昌肯定是跟在县委书记的后面混进来的。他是专题部记者，专跑维稳线，和公检法很熟，民警们一般不会阻拦。正要去和王永昌打招呼，田阿狗的哭喊声又一次钻进了他的耳膜。

"奶奶呀，我想你呀，我想给你攒个棺材钱，现在也不能了。哈哈，你们都在骗我，以为我不知道，我只要一下来，啪！脑袋就开花了，你们以为我会上当？叫老板过来，我找的是老板，不是你们。滚开！你们再上前一步，我就点火了。"

冯海泉咬咬牙，逐字逐句地说："蒋书记，田阿狗很有可能情绪失控，这里不安全——"

背后突然插入一个焦急的声音："蒋书记，不能开枪呀！咳，不能开枪！"

蒋建良回转身，进入眼帘的是一个胖胖的中年男子，一件宽大的夹克衫罩在身体上，更凸显滚圆的肚皮，多肉的下巴不住地抖动，眼袋垂挂，愁眉苦脸地看着自己。蒋建良微含冷笑地说："王老板，怎么啦？"

"不能开枪呀！"王明龙苦着脸看着县委书记，说，"嗨，蒋书记，你可千万不能让警察开枪呀！"

蒋建良没有出声地看着他。王明龙见县委书记脸色漠然，更加发急，说："蒋书记，枪声一响，我会被民工撕成碎片的。我们是龙头企业，纳税大户，政府有责任保护我呀。"

蒋建良用淡淡的冷笑压抑内心的厌恶，转过身看着胶合板上痛哭流涕的田阿狗，心里正琢磨该怎么化解。这时，他看见一个民警慢慢地靠上前去，问："冯海泉，那个民警是谁？"

冯海泉说："他叫张国华，是武水派出所副所长。"

张国华是个身材高大的年轻民警，脸上露出笑容，慢慢地靠近，这时，从远处传来一阵撕心裂肺的长号："阿狗，你不能死，孩子还在我的肚子里，你不能让孩子没有爸呀！"

张国华心中一凛，回头望去，车间大门口人群拥挤。张国华看到夏秋雁在拼命地嘶喊，突然目光闪动，快步走到警戒线前，拉住夏秋雁就往里走，说："秋雁，有什么事情不能解决，非要寻死觅活的，快劝劝你老公，让他赶紧下来，别做傻事。"

夏秋雁边流泪边说："他下来，你们不抓他？"

张国华说："他能一辈子蹲在木板上？快，我保他没有事情。"

夏秋雁还没有靠近胶合板，田阿狗就高叫道："秋雁，别过来，这里危险，你快走开。"

夏秋雁哇地哭出声，说："你下来，你不能死，你死了，我怎么办？孩子怎么办？你老娘怎么办？我怎么向你的奶奶交代？"

田阿狗流泪说："秋雁，我不想活了，你再嫁人吧。"

夏秋雁勃然大怒，说："放你妈的圈儿屁！你把老娘的肚子搞大，说得轻巧，拍拍屁股就这么走了。这是大白天，别给我说鬼话，你给老娘滚下来！"

田阿狗摇摇头，说："秋雁，我真的不想活了，我不想活了。"

夏秋雁愣住了，嘴唇抖动，一句话也说不出。突然，她坐在地上大哭起来，声嘶力竭地喊："阿狗，你一定要死，我不拦你，我也不活了，要死，我们一家三人一块儿死，死了也干净。"

田阿狗捶胸大哭，大叫起来："秋雁，你别过来，我也不想死呀，下面有这么多警察，我不想吃枪子。"

张国华上前一步，说："阿狗，还认得我吗？"

田阿狗说："我认得你，我的临时居住证就是你帮我办的。"

张国华说："我们警察是来维持秩序的。你下来吧，我们不会对你怎么样的。"

田阿狗惊恐地看看四周，摇摇头说："你骗我，我下来，你们啪的一枪，我的脑袋就开花了。"

张国华笑笑说："阿狗，我们不会开枪的。这样吧，你既然怕，拉住我的手走下去，你总可以放心了吧。"

张国华扬起双手，表示手中没有器械，一步步地靠近田阿狗。田阿狗也犹犹豫豫地伸出左手，右手仍然抱着汽油瓶，两人一步步走下来。田阿狗紧紧地挨着张国华，当两人走到车间中央时，张国华突然用左手夺过汽油瓶，同时右手一个擒拿，锁住了田阿狗，将他按倒在地。夏秋雁大叫一声，拼命扑过来，被其他民警死死拦住。蒋建良心中一热，暗暗说："行，这小青年有股冲劲。"

他回过脸，用平静的语气说："冯海泉，你把这里的情况写个报告，给我。"

五

车间里乱成一团麻。王永昌捧着摄像机，被人流挤得东倒西歪。民警铐住披头散发的田阿狗，正要往外走，愤怒的民工挡住了车间的通道。

"不许带走田阿狗！"

"你们凭什么抓人！"

……

姚新敏冷着脸，大声说："大家都听我说，田阿狗纵火未遂，严重危害社会，已经触犯刑律构成犯罪，必须受到法律的惩罚。"

人群中闪出沈前进，说："你们警察说话算数吗？刚才不是已经讲好，阿狗下来这件事情就算了，为什么还要把人铐走？"

姚新敏严肃地说："我们什么时候讲过田阿狗下来这件事情就算了，我们是说，田阿狗下来后，我们警察不会对田阿狗怎么样的。可是，田阿狗该负的责任还是要负的。带走！"

"不能带走！"沈前进脸色铁青横在中央，目光直逼姚新敏，说，"这件事情明明是老板恶意扣薪在前，阿狗情绪失控在后，你们为什么不抓老板，偏偏要抓我们民工。你以为我们民工就这么好欺负吗？"

姚新敏恼怒地说："沈前进，你想干什么？"

沈前进说："我是良民，不想干什么。我们只想讨一个公道。"

姚新敏冷冷地说："沈前进，你想暴力抗法吗？你要考虑暴力抗法的后果！"

沈前进从姚新敏的语气中察觉出杀气，便把心一横，猛地将手中的铁铲往地上一顿，大声说："枪杆子在你姚所长手中，我们敢暴力抗法吗？不过，今天你讲不出个道道，就别以为我们农民工软弱可欺，你们有枪，我们手中的家伙也不是吃素的。一旦闹出流血事件，你也逃不脱关系。说不定现在这里的照片已经在网上传开了。"

姚新敏倒抽口冷气，气得说不出话，手不自觉地滑向腰间，张国华连忙上前一步挡住众人视线，平静地说："老沈大哥，依你看这件事情该如何处理？"

沈前进想不到张国华会征求自己的意见，顿时哑口无言。他参加过几次普法教育，了解一些法律法规的内容，也知道田阿狗的行为已经触犯了刑法，至少是纵火未遂，所以也想不出妥善的办法，但要他嘴上服软他又不肯。他想了想，说："今天这事完全是由王老板引起的，你们警察为什么不抓王老板，偏偏抓田阿狗，要抓应该一起抓。"

张国华笑了，说："今天这事王老板有责任，但他没有触犯刑法，仅仅是劳资纠纷，完全可以通过劳动部门仲裁来解决，我们会转告劳动仲裁部门，还田阿狗一个公道。可田阿狗的性质不一样，如果我们警察对故意纵火都放任不管，老百姓的生命财产安全还有保障吗？如果你是警察，遇到这样的事情，你能不管吗？"

沈前进咬咬牙，说："人嘴两张皮，总是你们警察有理。"

张国华说："说话要在理上，才能站得住脚。田阿狗虽然触犯刑法，但我们会考虑到具体情节的。老沈大哥，你今天这样带头聚众拦截，不但帮不了田阿狗，反而是帮倒忙。"

沈前进叹了口气，看看身后的人群，说："张所长，人，你们带走，可是不能打。"

张国华截住沈前进的话，严肃地说："老沈大哥，你什么时候看到过我们打人？"

沈前进说："我听说，人进了看守所，不管犯什么事，先打一顿杀杀威。"

张国华气愤地说："胡说八道，看守所里有非常严格的管理制度，不是黑社会。"

沈前进摇摇头，说："不打人？那最好，可你是派出所的，还是副所长，官太小管不到看守所，你说话不顶事。"

冯海泉面含冷笑，上前一步说："看守所我管得到，我向你们保证，田阿狗在看守所里面一定会依法得到保护的。"

沈前进咬紧牙关，死死地盯着冯海泉，好长时间从鼻孔里发出一声冷笑，说："我就相信你这一回。"他回过头，大喊一声，"弟兄们，闪开！"

田阿狗在警察的围护中被带出车间，在上警车的刹那间，田阿狗猛地钻出头凄厉地尖叫："大哥，秋雁拜托你照顾了。"

沈前进红了眼睛，强力控制情绪，说："兄弟，你放心，过几天我们到看守所来看你。"

警车呼啸着绝尘而去。夏秋雁哭倒在地上，几个女民工陪着掉眼泪，更多的民工用仇恨的目光在人群里搜寻王明龙。王明龙看到民工咬牙切齿的模样，心中哆嗦，想找县委书记求助，县委书记不知什么时候已经走了。他连忙紧跑几步说："冯局长，求求你，你把我也带走吧。"

冯海泉奇怪地说："王老板，你又没有触犯刑法，我带你走干啥？再说，你走了，这公司谁来管理？"

王明龙苦笑说："你看看民工这情绪，你们警察走了，我还有活路吗？"

冯海泉挥挥手说："这是你自己找的，你要是把工钱早早发了，能有今天的麻烦事吗？"

王明龙唉声叹气地说："冯局长，你是吃公家饭的，只看到我们做老板时的风光，没看到我们做狗时的狼狈。我要是有钱，能给自己惹这么大的麻烦？咳，我是猪八戒照镜子，里外不是人呀。你要有空，到办公室坐坐，听我说说就什么都清楚了。"

冯海泉心想，现在，社会上已经有警察是老板看家狗的说法，我要是进了你的办公室，还真的就说不清了。他打算带弟兄们撤了，可想到县委书记临走时的叮嘱，便临时又改了主意。他转身大声说："都散了吧，该干活的干活去，该回家的回家。老沈，有什么事，你可以直接找我，要相信政府会秉公处理的。"

沈前进似笑非笑地说："直接找你，过了今天，我还能见到你这样的大局长？"

张国华生怕沈前进说出更难听的话，连忙上前说："老沈大哥，这么多人挤在一起，情绪又都这么激动，万一碰手碍脚的，对谁都不好。你们先回去吧，阿狗的事情我们再联系。"

沈前进看看张国华，朝后挥挥手，民工们像潮水似的向外退。张国华心中暗暗吃惊，想不到这个貌不惊人的沈前进竟有这般号召力。这时，身后传来冯海泉的声音："国华，我先回局里向武局汇报，你和小汤留下，跟王总去聊聊，晚上我们再一起凑凑情况。"

六

张国华和民警汤继平随王明龙走进办公室。

办公室很宽敞，也很气派。宽大铮亮的老板桌后面是皮椅，皮椅后面是一排书橱，老板桌和书橱都是黄花梨木的，据说是王明龙花大价钱专门从东南亚某国定购空运来的。橱窗里零零落落地堆放着一些书本，很像是一群胖瘦不齐的民工挤压在一起。橱里还陈列着各种荣誉证书和奖状，最显眼的是省政协委员和省优秀民营企业家的证书，证书两旁站立金光灿灿的财神菩萨，一文一武用彩笔和青龙偃月刀护住了这些证书和奖状。书橱旁的墙上挂了几幅字画。阳光穿透百叶窗，照在"厚德载物""以人为本"的条幅上，字虽然写得精神饱满很有气势，张国华却仿佛没有看见，他的目光落在靠窗的两个条幅上，一条是"想喝参汤先喝砒霜"，还有一条是"不当丧家犬，难做人上人"，不由得奇怪地问："这是什么呀？乱七八糟的。"

王明龙挺挺肚子说："这是我的格言，明龙语录，我出钱让县里的书法家写的。妈的，一个大字一百块，两边的小字五十块，存心敲我竹杠。嗨，你可别笑，虽然粗俗，可话糙理不糙。前几天，有一个朋友向我讨语录，我送他五个金光闪闪的大字，做人先做狗。他高兴得都傻了。"

汤继平在一旁差点笑出声来。这是个身材彪悍的年轻民警，前年从省警校毕业，学的是刑事侦查专业，考入嘉德公安系统以后，先在局办公室待了几个月，前不久主动要求到武水派出所。这是个语言不多、善于思考的小青年，胆量也很大，张国华很喜欢这个学弟。派出所讲究以老带新，汤继平很自然地成为了张国华的"徒弟"。张国华瞪他一眼，正想如何转话题，王明龙倒了杯水放在面前，说："张所长，汤警官，你们可千万别为难田阿狗。"

汤继平揶揄说："王老板，看不出来，你还真是大将风度。"

王明龙说："什么大将风度？说实话，阿狗要烧我的场子，我能不恨他吗？说句狠话，他就是死了和我有什么关系，我是为我的工厂考虑，现在的民工都抱成一团，防不胜防，我是怕他们乱来呀。"

汤继平笑笑说："你把工钱发了不就万事大吉了。"

王明龙苦笑说："汤警官，你真以为我有钱，有钱我还愿意去当狗？我也是农民出身，不发工资，那些人不会扒我的皮？可现在我哪里还有钱啊。"

"你没钱？谁信！钱去哪里了，炒地皮了？"

王明龙摇摇头说："我哪有这样的门路，钱？都被康泰世茂公司套走了，实在是要不回来呀。"

张国华上下打量王明龙，说："康泰？这么大的老板，会赖你的钱？"

王明龙叹口气，说："康泰？哼，不错，谁都知道康泰大名鼎鼎，在建58层大厦，谁都知道这是赚钱的好机会，谁都不怕打破头想挤进康泰世茂的圈子里去。张所长，不瞒你说，当初我也是这么想的，认为抱了个金娃娃。可是，嗨……别提了，倒了大霉了。"

"怎么啦？"

"从去年上半年起，我向康泰提供了七个批次的建筑木工板，价值450多万，货款呢一分钱也没有收到。我想这是怎么啦，不会是肉包子打狗，有去无回吧。可这时县里一位领导打来电话，让我放心继续送货。我想领导都说话了，总可以放心了吧。我又送了两批货，一千多万就这么又打了水漂。我去康泰世茂公司，也没有要到钱，那个支永孚也不是大老板，真正的大老板是谁？在哪里？恐怕支永孚也不知道。反正我那一千多万的木工板，也没有用在康泰的工地上，听说全部卖掉还贷了。我想请领导出面和银行打个招呼，放点贷款救救急，谁想领导反而批评我，说我没有防范金融风险的意识，闹得我是猪八戒照镜子，里外不是人。"

张国华坐在沙发上也不说话，目光落在茶几的玻璃杯上，绿莹莹的茶水犹如一块浮动的碧玉，在清澈中不经意地透出淡淡的清香。

"到现在为止，我一分钱也没有讨到，欠了一屁股债，单是银行利息就倒贴了三百多万，我去找谁？谁为我做主？我被银行逼得都快要跳楼了，可工厂还要开门，如果工厂关门，你们公安又会找我，说这么多民工咋办，都放在社会上，这社会稳定怎么维护呀？没有办法，我只得向做票据生意的去借'高泡'，月息六分，借六十万，每个月的利息就要六万。嗨，我是气都喘不过来，哪里还有钱发工钱？"

王明龙的双手激动而绝望地在空中舞动，很像一只受了枪弹从半空中坠落的肥老鸭，显得既滑稽可笑而又可怜。张国华内心却陡然一惊，从后背升起丝丝凉意。这康泰公司是县委、县政府引进的重点项目，占地两平方公里，计划投资一百亿，集地产、旅游、商贸、休闲、娱乐为一体，建成后产值可以达到三百亿，等同再造一个嘉德县。据说，这个项目的来头很大，投资者是从南面来的，原先是准备在邻省一个很著名的开发区落户，后来经过嘉德县的积极争取，主要领导还几次南下亲自劝说，投资者最后才拍板在嘉德县落户。由于邻省开发区对康泰公司落户开出了非常优惠的条件，嘉德县原有的"三免两减半"政策已经无法满足康泰公司的胃口。这事惊动了省里高层，一位省领导在上报的内参上批示，这是我省改革开放以来引进的最大内资项目，各有关部门应给予有力支持。批示一出，地动山摇。嘉德县立刻成为全省扩权强县的试点，很快拥有了与地市级同等的各项审批权限。在一位副省长的牵头下，十七个省厅负责人莅临嘉德现场办公，共同解决康泰公司在土地、税收、水电、贷款等方面的诸多困难。康泰公司举行奠基仪式时，一位省领导还亲临现场，发表了热情洋溢的即兴讲话，省报也用整整一个彩色版面，报道了康泰公司奠基的盛况。现在，拥有如此实力和高层背景的康泰公司怎么也会断了资金链？真是太不可思议了。但张国华没有顺着王明龙的话题说下去。康泰公司办得如何，和自己没有一丝一毫的关系，再说，康泰公司和高层领导的关系，也不是自己一个小民警应该知道的。知道得越多，死得越快，这是张国华的人生哲学。自己只是一个派出所的所长，而且还是个副的，只要管好辖区内的治安，其他的事情知道得越少越好。

想到这里，他站起来，望望窗外越来越亮的光芒，说："王老板，事情已经平息，你可千万不要再去和民工产生新的纠纷，否则闹出新的不稳定因素，大家都无法向上面交代。"

王明龙看着张国华突然冷漠的脸色，心中忐忑不安，却笑着说："哪能呢，他们现在是我的祖宗哩，我还怕他们打我的黑棍呢，你借我一百个胆子，我也不敢把他们怎么地。你放心，怎么，这就要走？这是碧螺春，明前茶，也不喝一口？你们警察可真是廉洁从警。"

"时间不早了，我还有事，这茶……你自己喝吧。"

张国华见王明龙转身从橱窗里拿出两条"红中华"，心中非常恼怒，这不是给自己上"眼药"吗？怪不得冯局不肯进办公室，的确有先见之明。他立刻站起来，说："王老板，我们还有事，走了。"

王明龙见张国华霎时变了脸色，心里一打转，立刻意识到自己错了，连忙笑着说："张所长，这两条烟麻烦你带给田阿狗，就说是我的一点心意。看守所那地方，我也进不去呀！"

"这嘉德县还有你进不去的地方？"张国华在心里冷笑一下，淡淡地说，"你应该知道，我们警察也不能往看守所捎东西，这是制度。

你自己想办法吧。"

"那……我还有一件事情想麻烦你。"

"说吧。"

"希望公安局对田阿狗能宽大处理，她老婆肚子大了，不能没有人照顾，万一出个差错，我真的永世不得安宁了。还有，"王明龙目不转睛地看着张国华的脸色，这一瞬间他感到了自己的虚弱，一个拥有上亿固定资产的老板，竟然还不如一个小警察有力量。他在心中发出哀叹，脸上却堆满笑容，说："还有那个……电视台最好不要播出，拜托你和冯局向电视台打个招呼。"

张国华这才注意到王永昌不知什么时候不见了，肯定是为了抢新闻，赶回去剪辑录像带了，心里有些着急。他倒不是担心县广电总台会播出跃进木业公司的这条突发性新闻，广电总台领导是懂规矩、讲政治的，没有县里发话，是决不敢播出的。他担心的是现在众多的网络公司，尤其是那些自媒体，为了抢人眼球赚流量，恨不得天下大乱，什么八卦绯闻都敢播，公安也管不了，这些人才不来管你什么正面宣传呢。那个王永昌不是本地人，是几年前从江西应聘过来的，干起活来挺卖力，就是脑子里少一根筋，万一发到网上，这负面影响就太大了。正想着，汤继平走近，在他耳边轻轻地说了几句，张国华朝王明龙点点头，一语不发地出了办公室。

"冯局怎么说？"

"冯局要你马上赶过去看看，情况无论如何不能失控。"

"明白了。"

七

位于武水镇中山路的幸福川菜馆内，浓烈的烟雾随着火暴的情绪四处弥散，在玻璃窗光线的映衬下，闪现出一片片紫蓝色的幽光。姚达军坐在靠窗的地方，一边看着情绪激动的伙伴，"吧嗒吧嗒"地抽烟，一边用眼角的余光冷漠地扫视窗外的街道。

姚达军是重庆人，原先在家乡开个火锅店。那一年秋天，国家修建库区，库区水位要提高，他的家乡被列入整体搬迁范围内。当地政府在动员时，他非常爽快地答应了，不仅如此，他还积极地动员其他乡民响应政府号召，为建设库区大坝做贡献。一时间，他成了远近闻名的新闻人物，被评为先进个人，事迹还上了省电视台。

姚达军之所以这样卖力，有他精明的算计。他是个颇有能力又挺自负的人，早就想走出大山，看看外面的精彩世界，特别是想到东部去闯一闯。他就不信，自己的智商会低于那些脑满肠肥的城市人，可他没有这个经济实力，老婆周芳菲也坚决反对，说啥也不愿让老公去东部那片花花世界。现在库区搬迁，为他提供了最佳机会，不但所有的搬迁费用全部由政府负担，而且原先思想顽固不化的周芳菲，在村干部连唬带吓下，也愿意嫁鸡随鸡嫁狗随狗了，这样的机遇不抓住，那脑袋就真的是让驴给踢了。除此之外他还私下认为，凡是政府要做的事情，不管有多么大的阻力，也一定会做成功的，尤其像修建库区这样的国家工程，是任何力量也阻挡不住的。既然最后结局还是一个走字，那么晚走不如早走，早走还有选择的余地；自己又是"先进典型"，在搬迁中必定会得到某些照顾。他懂得，政府之所以树立先进典型，并不是特别"青睐"这些先进典型，目的还是这些"典型"能够推动工作。所以，自己既然成了先进"典型"，就应该享有相应的待遇。说到底，这一切都是建立在共同利益基础上的交换。就这样，姚达军成了第一批库区移民，在一路鞭炮锣鼓和红绸鲜花的欢呼声里，千里迢迢地搬迁到了武水镇的郊区农村。

果然，武水镇政府早就拨出巨款，为所有的库区移民盖了房屋，划分承包田，举办各类技能培训班，家里有多余劳动力的，还安排进了工厂，小孩也都上了学。大多数库区移民觉得这里除了不是家乡外，生活各方面条件都比过去好多了。以至于惹得当地人倒有些怨言，说政府有偏心，照顾外来佬比照顾本地人还好，这些领导都忘了自己是武水镇人民代表大会选举出来的武水镇人民政府了。

姚达军被安排进了当地一家无油轴承厂上班，每个月可以拿到三千多元工钱。他的哥哥姚永军会开车，进了邻近的大树制衣有限公司，专门跑长途运输。父母和自己住一起，女儿姚巧玲读初中。这些都是姚达军在家乡时梦寐以求的好事，可是半年以后他却辞职不干了。他实在吃不惯大食堂的饭菜，说甜不甜，说咸不咸，嚼在嘴里完全没有家乡菜的那股狠劲，人老是犯困，就是夜间趴在老婆身上耕耘，也失却了以往酣畅淋漓的快感。他还发现，也不是自己一个人犯"困"，几乎所有的移民都有些精神不振。他敏锐地察觉到，这里面藏有商机，于是果断地在县城中山路上开了个川菜馆，取名为"幸福"。那时，他头上"先进典型"的光环还没有完全褪色，"幸福"两字也获得当地政府部门的好感，于是，职能部门又把他当作移民"转型升级"的先进典型，在税收、租金上是一路绿灯。姚达军开办幸福川菜馆，手艺是自己的，父母来帮忙，只找了两个帮工，一个是五大三粗的黑妹，另一个是沈前进的妻子万鲜花，却留下妻子周芳菲在家里种大棚蔬菜。他清楚，自己无论怎么换马甲，说到底还是一个进城的农民。是农民就必须要有自己的土地，土地是一切财富之母，放弃土地就是放弃财富，没有土地就不再是农民。再说，大棚里的新鲜蔬菜也是火锅不可缺少的食材。

　　火锅店办起来以后，生意出奇地火爆，不仅仅是熟悉的库区移民来吃，就是来自赣、滇、黔、豫、湘、桂地区的一些民工也定期光顾。姚达军是一个有主见、讲哥们交情的热心人，在算账时不怎么斤斤计较，有时哪位民工手头紧张，他还会请他吃一顿。时间一长，川菜馆很自然就成为各地民工集中议事的场所，姚达军也慢慢地成为大家信得过的"姚大哥"。沈前进就是在幸福川菜馆和姚达军熟悉的。当然，随着幸福川菜馆名声的逐渐响亮，很自然地进入了武水派出所重点关注的视线。

　　此刻，姚达军坐在靠窗的地方，一面警惕地扫视街道上的动静，一面听民工们情绪激动的议论，从表面上看似乎是无动于衷，内心却席卷起一阵阵狂澜。

　　"沈大哥，阿狗在里面不会吃亏吧？"

　　"阿狗他……不会吃亏的，那个小所长向我保证的，还有那个姓冯的副局长。"

　　"警察的保证也能相信？"

　　"这个我信。在我们老家，最痛恨的是强奸犯和诈骗犯，尤其是那些丧心病狂的人贩子，进去以后肯定是先暴揍你一顿。阿狗不是。他只要老老实实待着，不会吃亏的。"

　　"这些你怎么知道的？"

　　"老家一个警察朋友告诉我的。嘉德是东部经济发达地区，应该比老家的警察更加文明些。再说，阿狗就是一个打工仔，打他，警察都会觉得丢脸。就是要打，也得挑一个强横的玩玩。"

"那……阿狗什么时候可以回家呢？秋雁妹子下个月就要生了。"

沈前进见插话的是黑妹，问："大头的事情处理好了？"

黑妹说："镇里答应给八万，分两次给我，字都签了。大头的尸体已经送殡仪馆，明天上午火化，镇里说派一个副镇长参加。妈的，大头也够风光了。哦，骨灰盒也由政府出钱买，两千八，反正政府有钱。"

"什么时候下葬？"

"下葬？"黑妹睁大眼睛，说，"大头不是本地人，没有本地户口不能买墓地，就是可以买，这钱也付不起呀。这八万块钱，我还要给儿子读书呢。大头在老家山里有祖坟，下次带回去埋在山里，也算是叶落归根。哦，沈大哥，你还没告诉我，阿狗啥时可以回来？"

"我也不知道阿狗啥时可以回来。"

"连你也不知道？"黑妹的眼睛睁得像牛眼那般大，一口酒差点没把她噎住，她猛烈咳嗽，憋红了脸，总算没把酒喷出来。她使劲咽下酒，一边大口喘气，一边愤愤不平地说："沈大哥，我还以为你和那小警察说妥了。早知道回不来，当时就不该让阿狗去看守所。"

沈前进从黑妹的话里听出了埋怨的味道，但没有生气，更没有解释。在他眼里，一个妇道人家能懂啥呢，和她解释，她都听不懂。倒是孔华明抱不平，在一旁训训地说："黑妹，这你就不明白了，阿狗是犯了法的，前进大哥怎么能保证他啥时回来呢？"

这句话犯了众怒。如果阿狗犯了法，那我们现在聚在一起商量事儿，就是和政府唱对台戏。尽管每个人都把江湖义气放在嘴边，却没有一个人是想和政府过不去的。黑妹把眼一瞪，气呼呼地说："姓孔的，别不知道自己几斤几两，以为自己管闸刀，就真把自己当成电老虎了。我问你，阿狗犯了哪条王法？"

孔华明说："他抱了汽油瓶，拿了打火机，那还不叫犯法？"

黑妹勃然大怒，说："放你妈的狗屁！你手里也拿了打火机，你怎么不进笼子？你说那火点着了吗？姓孔的，只要火没有烧起来，就不能算放火。大家说对吧！既然没有放火，那警察凭啥抓阿狗兄弟。"

孔华明知道自己斗不过这只雌老虎，转而一想，黑妹说得似乎也有道理，火没有烧起来呀，派出所凭啥抓人！上次普及法律知识时老师也讲过，要以事实为依据，以法律为准绳，现在的事实就是火没有烧起来呀。他挠挠头皮，求援似的看看沈前进，哪知沈前进只顾低头喝酒，没有说话。他也有为难之处。田阿狗纵火未遂，这一款是上了刑法的，至于老板欠薪这类破事，法律是管不到的。可如果承认田阿狗有罪，那么自己为田阿狗所做的一切，首先在道德上就失去了制高点。

他正在沉吟，就听得姚达军冷笑一声，说："阿狗有没有罪，警察说了不算，要法律说了才算。现在阿狗还没有判，我们自己说他有罪，这不是自己打自己的脸吗？华明，你这条卵究竟是插在哪把夜壶上的？"

八

随着话音，姚达军一脚踢开凳子，从柜台上拿了瓶劲酒，挤进餐桌，坐在沈前进的对面，正要说话，忽然扭头，说："华明，去，到窗口去，看着外面有啥动静。机灵点。"

他看看沉默不语的沈前进，说："兄弟，这件事情阿狗确实做得有些冲动，但他是在维权，为自己维权，也是为我们所有的农民工维权。所以，我们今天不能讲是非，只能讲维权，不能讲规矩，只能讲结果，不能讲法律，只能讲情理。如果我们自己也掉进警察挖的坑里，以他们的标准作为我们的标准，那我们就只能静静地等待结果，我们今天又何必聚在这里呢？"

姚达军的"三讲三不讲"论调一出，众人轰然叫好。沈前进也暗暗称赞，这么一来，自己再怎么出牌都是师出有名了。他点点头，却说："这一点我也想到了，但做起来很困难，我们手里无权，也没有话语权，总不能学宋公明大闹浔阳江吧。"

姚达军眉头一皱，说："兄弟，你想到哪里去了，借我一百个胆子，我也不敢闹江州。我是说，我们要有的放矢，不能眉毛胡子一把抓。最好的结果是既把阿狗从笼子里面捞出来，又能让政府觉得，我们是在真心实意地帮助他们改进工作，维护社会稳定。"

话音未落，黑妹跳了起来，说："老板，你有啥好主意，快说出来让大家听听，我们都听你的。"

沈前进心中很不高兴，但没有在脸上流露出来。农民工内部也根据户籍的不同而形成派系，虽然大家平时都客客气气笑嘻嘻，可心中界限还是存在的。黑妹这一提议，无意中就否定了自己老大的地位，但他现在也确实想不出啥办法。他看着姚达军那张分不清春夏秋冬的脸庞，说："姚兄，你有什么好主意，说出来让大家听听。"

姚达军自负地笑笑，又立刻收敛笑容。这一瞬间，他在脑子里将方法又过滤了一遍。他高声说："黑妹，你把窗台上那本书拿过来。"黑妹答应一声，起身走到厨房口，指指窗台上那本包着书皮的油腻腻的书，问："是这本书吗？"在得到肯定的答复以后，她翻了几页，不由得惊叫起来，说："我还以为是啥好看的书呢，原来是本《毛泽东选集》。"

姚达军教训说："你们这些人就是不读书、不看报，什么学问也没有，无知无识，啥也不懂。告诉你们，这才是真正有大学问的书。你们喜欢看的那些武打小说言情片，给这本书倒洗脚水的资格都没有。"

黑妹不服气地说："看这本书就能把阿狗从笼子里捞出来？"

姚达军没有立刻回答黑妹，先让万鲜花再炒两个蔬菜，拿一盘油炸花生米，又开了一瓶廉价的白酒，关照这些都记在自己的账上。这一下众人的情绪更加高涨。姚达军见大家的目光都落在自己的身上，他潜意识内很享受这种当老大的感觉，便抖擞精神，说："把田阿狗从笼子里捞出来，确实有困难，但是，我们只要按照红宝书的教导去做，减轻对田阿狗的处理，还是有可能成功的。"

"你快说吧，别卖关子了，快把你的底牌亮出来。"

说话的是沈前进，他觉得在姚达军面前似乎成了傻瓜，情绪变得有点不耐烦。姚达军也察觉到沈前进微妙的心态，笑了笑说："其实也没啥奥妙，就是我们要做到三个'有'。"

"哪三个'有'？"

姚达军胸有成竹地说："有理、有利、有节。这是老人家的教导。"

黑妹着急地说："老姚大哥，你这三个有，我一个也不明白，你得解释解释。"

午后的阳光从街道上树冠的缝隙间洒下来，在路面上形成许多不规则的光斑，孔华明像"老等"似的蹲在长凳上，眼睛看着街道中来来往往的人流，两只耳朵竖起，一字不落地听着姚达军的"高论"。

姚达军说："首先我们得占个理字。有理走遍天下，无理寸步难行，你们说是不是这样？我们农民工干活挣钱，养家活口，天经地义，历朝历代都没有干了活可以不给工钱的王法，现在是共产党领导的天下，他王明龙凭什么不发工钱！阿狗这事是让王明龙逼出来的，就是说到天边我们也在理。"

"对，我们在理，他王明龙凭什么不发工钱，那是我们的血汗钱。"

姚达军继续说："其次是大环境对我们有利。现在政府这么重视我们农民工，中央也一直强调不许拖欠农民工的工资。前段时间，电视台还播了各级政府帮助农民工讨工钱的新闻，就连总理也为我们农民工说话。嘉德县也是共产党领导的天下，肯定会重视我们农民工的正当诉求。"

"不过，话又说回来，凡事要有度。"姚达军见大家的情绪都鼓动起来，心里很高兴，但语气也变得非常严肃，说，"这就是我要强调的第三个有，有节。我们的目的是希望政府释放阿狗，最起码是减轻处罚，闹事不是我们的目的。所以，大家不能扩大事态，千万不能胡闹，胡闹我们就丢了理，就得不到社会的同情。我相信大多数老百姓是同情我们农民工的，我也相信政府部门是想解决问题的。所以，我们要顺着政府的竹竿往上爬。"

听到这里，沈前进下意识把头一点，在心中暗暗称赞，没想到姚达军肚里这么有"货"，怪不得能当上各类先进典型。他忍不住问："这些道理我都懂，可我们该做些啥事了？"

姚达军将半杯白酒倒入喉咙，从鼻孔里发出一声冷笑，说："我们要做的事情可多了。老沈大哥，你看这办法行不行，你也帮我琢磨琢磨，现在都讲究两手抓，我们也玩他个两手抓。"

姚达军的一声"老沈大哥"，使沈前进特有面子，让他感到了自己的重要性。他说："你有啥办法，说出来让大伙听听，如果需要我出力，我一定尽力。"

姚达军点点头，不再卖关子。他将酒杯一推，说："对政府，我们也要一手硬一手软。我的想法是，老沈大哥，你老爸不是和县里信访局的汤局长熟悉嘛，让他带几个弟兄去见见汤局，把阿狗的事儿详细说说，要求把阿狗给放了。你听我把话讲完，别看信访局是个小衙门，庙小能耐大，共产党最重视群众来信来访，那是直接通天的。放人，他们当然没有权力，可消息一定会立刻捅到大小百搭那里去，只要大小百搭中有一个说话，事情就好办多了。"

"大小百搭"是农民工打扑克时对大小王的叫法，放在现时的酒桌上，就是指县委书记和县长。姚达军喝口酒，又说："荷花嫂子不是在领导家里当保姆嘛，也让她找个机会去说说，领导都是通情达理的，知道了事情的来龙去脉，还能不同情我们这班苦弟兄吗？"

说到这里，黑妹从沈前进背后冒出半个脑袋，大声说："我想起来了，永昌兄弟不是在电视台嘛，让他在电视上把阿狗的事儿说说，老百姓不就都明白是咋回事了。"

沈前进皱皱眉头，说："永昌是吃公家饭的，那电视台也不是他家里开的，这小子能有这胆量？要我说，这书读多了，人傻，胆儿也小了。"

黑妹不服气地说："永昌兄弟书是读得多，可人不傻呀。"

沈前进说："不傻？美娟走了几年，怎么他……哼，不是缺心眼，还能天天吃食堂饭，这还不傻？"

黑妹还要说，见蹲在门口的孔明华朝自己摆摆手，立刻想到万鲜花站在厨房门口，连忙把话咽下去。沈前进想了想，又说："老姚大哥，我突然想到，找王永昌还不如直接找王明龙，让王明龙自己把这官司撤了。"

姚达军眼睛一亮，一拍桌面，说："找王明龙？好主意，对，我们就是要闹得王明龙觉睡不好，饭吃不下，一天二十四小时不得安宁。他不是还有老婆孩子嘛，总不至于连老婆孩子也不顾吧。好，就让王明龙自己去求领导把阿狗放了，如果这样还不行，我们就上网求助，或者组织弟兄们到县政府门口去静坐请愿……"

话刚说到这里，耳边突然响起孔华明殷勤的声音："张所长来了，张所长，怎么就你一个人，弟兄们呢？"

话音未落，张国华的身影出现在门口，几乎同时，屋里吃火锅的人都不约而同地站立了起来。

九

张国华笑了,他用眼角扫描屋里,却没有立刻进屋,而是站在门口掏出"利群"烟盒,递一支给孔华明,说:"人家都在屋里喝小酒,你怎么像个'老等'蹲在板凳上,瞧你这狗鼻子,又闻到啥腥味啦?"

孔华明用哆嗦的手接过香烟,脸色很不自然,直到点燃烟抽了一口,才又嘿嘿地笑了。"老等"是他家乡的一种水鸟,羽毛漆黑,鸟喙较长,爪子坚强有劲,状似乌鸦,平时喜欢蹲候在岸上,专门捕捉跳出水面的鱼儿。孔华明当然明白张国华的意思,说:"刚才被黑妹灌了两杯,有些晕乎乎,出来透透空气……"

"放你妈的屁,老娘啥时候灌你马尿了?"黑妹噌地从凳子上蹿起来,张开阔嘴正要骂过去,抬头见张国华正朝自己笑哩,立刻想到姚达军刚才的那句话,连忙将后半截粗话咽回去,笑着说:"张所长,这麻秆说谎呢,我什么时候灌过他马尿,赶明儿掉到河里阴魂不散,还得赖我给他收尸呢。"

沈前进冷冷地说:"你算他啥人,给他收尸?政府八万块抚恤金不就全进了你的腰包,这不快活死了你。"

这句话呛得黑妹透不过气来,旁边有人在吃吃地笑。黑妹脸庞黑里带红,可再蛮横,也不敢顶撞沈前进。场面有些尴尬,姚达军端起酒杯，笑吟吟地说："张所长，今儿怎么有空到我这幸福火锅店走走？来者都是客，如果不嫌脏，来，就坐下一起喝一杯。"

张国华听出姚达军的话里暗含讥讽，也不在意。尽管姚达军的头顶上有几顶"桂冠"，但在他眼中，也就是个蒸不熟、煮不烂的"滚刀肉"。平时看起来豪爽侠义，似乎很能积极响应政府的各类号召，也会很热心地帮政府做些事情，但骨子里却具有反社会性，唯恐天下不乱。这些人帮派性强，只讲圈子，不论是非，只讲前因，不计后果，只讲利益，无视规矩，无论做什么，其最终目的都是为了自己获得实际利益和社会名声。至于法律，对他们来说不过是一张护身符。当然，这些人离不开政府的关照，政府有时候也需要这些人来配合工作。从警以来，对这样的人和事张国华见得多了。他走进店里，看看大家说："今儿怎么都有空，凑在一起喝酒了？"

姚达军见张国华没有搭理自己，觉得丢了面子，不由得冷笑一声，说："张所长，我们凑在一块儿喝闷酒，不算犯王法吧。"

张国华说："姚老板，你这话说到哪里去了，我说过你们喝酒犯法了吗？咦，你怎么那么多心呀？"

姚达军被呛住了。他倒不是怕张国华这个小警察，而是不敢招惹张国华头上的那个警徽，既然张国华已经接话，自己还是就坡下驴为好。他哈哈一笑，说："我们喝酒自己花钱，不怕人查，喝得痛快自在，张所长，你也不是纪检委的，我多什么心？"

说完，姚达军朝大家挥挥手，说："张所长是找我有事商量，你们听什么，都散了吧，该干吗就干吗去，别像卖不掉的糖甘蔗，一根根都竖在这里让我碍眼，我这里不管晚饭。"

大家知趣地离开，当沈前进擦身而过时，被张国华喊住了。

"老沈大哥，阿狗啥时出来还真不知道，听说夏秋雁快生了，我已经通知刘老板多照看些。你们是一块儿从老家出来的，阿狗平时还管你叫大哥，你得多帮帮他。"

沈前进脸色沉闷点点头，没有说话。张国华又说："阿狗的事情不能急，你们无论有什么想法，无论做什么事情，都要有法律意识，不能由着性子来，更不要给阿狗添乱。"

这句话有些近乎威慑，沈前进心中恼火，又不敢发作，皮笑肉不笑地说："哪能呢，我们都是良民，自然是警察叫干啥，我们就干啥，现在就等派出所给我们颁发良民证了。再说阿狗还在里面，我们都指望法律能为阿狗做主，哪里还敢耍性子呢，你太高看我们这些民工了。张所长，你就放一百二十个心吧。"

沈前进故意将"你就放一百二十个心吧"这句话说得轻飘飘，然后朝姚达军点点头，走出了火锅店。张国华皱皱眉头，沈前进和姚达军不一样，姚达军为了头上的"桂冠"，大多数时间比较收敛，再说他还有个火锅店；而沈前进就是个打工的，平时以老大自居惯了，是个喜欢出头的主儿，身后有一批民工愿意听他指挥。这样的人遇事一旦发蹿就很难回头，即使为了面子，也会和你胡搅蛮缠地抗到底。他正想着，姚达军走过来，说："张所长，沈大哥是个明白人，他是讲道理的，决不会胡来，这点我心里还是有数的。坐，你是为阿狗的事情来找我的吧？"

迎着姚达军含笑的目光，张国华听出了对方的潜台词，对方讲道理不会胡来，那么暗地里就是指责我们警察不讲道理啰。他走到里面挑个位置坐下，说："姚老板，先给我下碗面条，老规矩，三鲜面，少放些辣酱。"

姚达军吃了一惊，说："你……还没有吃午饭？都啥时候了，鲜花，快下面条，多放些虾米。"

张国华说："为了阿狗的事，从睁眼到现在，我一分钟也没有消停过，午饭？我连早饭都没吃哩。"

姚达军看着张国华，搭讪地说："真没有想到……你们当警察的，看起来怪威风的，其实吃公家饭，受公家管，也挺不自由的，哪像我们这般无拘无束。"

张国华笑了，顺着姚达军的思路说下去，说："是呀，姚老板，大家都不容易，尤其我们警察的主要任务是维护社会稳定，现在社会治安状况越来越复杂，任务也越来越艰巨。我们的工作需要你们理解，更需要你们配合。像今天发生的事情，我们希望你在其中能起一个好的作用，你说对吗？"

姚达军当然懂得这才是张国华今天找上门的主要原因，心里打个激灵，虽然刚才他积极出谋划策，但也不想给派出所留下个"狗头军师"的坏印象。他见万鲜花端来面条，说："你先吃吧，慢慢吃，别呛着，该配合的，我一定配合政府的工作。"

张国华确实饿了。昨夜参加社区值班巡逻吃了夜宵，早上原打算先睡一觉，没想到在值班室里刚眯了一会儿，就被一阵急促的手机铃声催醒，冯海泉一声暴吼把他震醒了，这吼声至今仍在耳边回荡。

"猫到哪里去了，都啥时候了，还没有到岗，别解释了，我不想听，我现在的位置在跃进木业厂，你马上赶过来。"

张国华觉得思路混乱了，自己昨夜值班，姚新敏不是知道的吗，冯局打电话怎么会找不到自己？但冯海泉没有给解释机会，就把手机挂了。张国华窝了一肚子火赶到现场，先是劝说田阿狗，接着又在王明龙的办公室里灌了一肚子茶水，直到现在才吃上这碗汤面。

张国华一面吃面，脑海里却在思索怎样开口，姚达军也怀着同样复杂的心思。等吃完面条万鲜花把碗收走，张国华才正色地："姚老板，田阿狗纵火未遂，已经触犯了刑法，我们抓他是严格依法办事。假如像田阿狗这样的严重犯罪行为都不管，那整个社会和人民生命财产安全就得不到保障。你是明白人，我来的意思你也明白，无论你们有什么想法，但决不能扩大事态，这是不能逾越的底线。"

张国华说话的神态很温和，但语气却很坚决，特别是最后一句话，使姚达军从心底感到一丝寒意，也察觉对方虽然笑嘻嘻的，可在骨子里是个狠角色。但他也不是一个轻易服输的"善茬"，迎着张国华略含笑意的冷峻目光，姚达军鼻孔里发出轻轻的冷笑，说："张所长，既然你把话说到这个份儿上，那咱后面的话就容易开张了。我说了，你可别怪我的话难听，在阿狗这件事上，我和你们警察的看法不一致。如果说得不对，或者触犯了你的虎威，你腰里有手铐，可以立刻把我铐走，我决不反抗，谁让我们是无权无势的农民工呢！"

张国华勃然大怒，这是什么话，不是挤兑我逼我犯傻吗？他尽管内心恼怒，脸色还是很平静，说："姚老板，你说吧，如果你说得对，我听你的，如果你说得不对，我们可以讨论，今天你就是掀台子，我也不会动手铐，这点肚量我还是有的。"

姚达军听到"肚量"两字，不由得悚然一惊，突然感觉后背有些热烘烘。他强装笑颜，说："既然张所长大人大量，那我就直言不讳了。"

十

　　姚达军知道自己被张国华"盯"上了，"盯"上不是什么好事，可既然被"盯"上了，就不能装熊，再说装熊也逃不过去的，还不如直截了当谈看法，反倒能消除对方对自己的疑忌。想到这里，他从桌上拿起烟盒抽出一支，又将烟盒扔回桌面，点燃后深深地抽了一口，又慢慢地吐出，仿佛在吐出胸中积压的郁气。烟雾在太阳的照耀下慢慢地旋转，折射出深蓝色的光线。这一瞬间，姚达军决定了谈话的思路。

　　"张所长，我知道共产党是讲辩证法的，是讲前因后果的，没有前因就不会有后果，对吗？阿狗的行为是不妥，但他再不妥，也是后果，不是前因，况且这后果的严重性也没有完全体现出来。再说，法律是应该保护弱者的，从今天发生的事件看，田阿狗明显是弱者。你们警察应该保护弱者，而不是抓捕弱者。但事实上是你们抓了弱者，却放过了那个真正的肇事者。你说这公平吗？民工们能心服口服吗？"

　　张国华暗中佩服，都说姚达军善辩，真是耳闻不如目睹，今日一见果然名不虚传，通过概念换转，搞得你七荤八素，三言两句就把你绕进去了。但他也不是那么好糊弄的。他明白，对付像姚达军这样的"滚刀肉"，说话不能软绵绵，必须给他来个硬碰硬，他才会服你。他喝口水，说："姚老板，你这是危言耸听，混淆是非。田阿狗纵火未遂，王明龙拖欠工资，这两件事虽然有前因后果的关系，但从性质上看，是一回事吗？亏你还是喜欢看书的人，怎么连这点道理都弄不明白？"

姚达军的思路一下子被张国华粉碎得稀里哗啦，心底窜起一股火焰，冷冷地说："屁股决定脑袋。你这是官话，没有从我们民工角度考虑。今天的事态不是我们民工引发的，更不是我们民工造成的，责任自然不应当由我们民工来承担。"

张国华也强硬地说："现在还没有谈到追究谁的责任这个地步，真要谈到追究责任，咱们就不会在这里说话，该换个地方了。像阿狗这样的情况一旦闹得不可收拾，无论对维护民工的合法利益还是企业的正常运行，都是很不利的。你应该清楚这一点。"

姚达军讽刺说："张所长，你还忘了最重要的一句话，阿狗这样的事情如果处理不妥，最损害的还是政府的光辉形象。如果今天不是为了政府形象，你肯屈尊到我这个小火锅店来？"

这句话像锥子狠狠地刺中张国华的心扉，他突然感到有些乏力。他恼怒地看着姚达军，略含讥讽地说："这些年来，民工的利益是谁在维护？不是各级党委政府在维护吗？难道是你这位大哥大？别高估了自己的能量。无论是谁，都只能在法律的框架下行动，都只能根据政府的安排做好分内事。别喝了二两烧酒，就不认得东西南北了。"

姚达军见张国华突然变了脸色，眼睛里闪出一道寒光，嘴角在微微抖动，心里也不由得一凛。但他知道这个时候不能认"熊"，你越认"熊"对方就越看不起你。他恶狠狠地说："张所长，你也太小瞧我了，别说是二两烧酒，就是两斤老白干，也醉不倒我。我头脑清醒得很。钢刀虽快，不杀无罪之人。怎么，我刚才什么话讲错了，惹你发这么大的火？"

张国华也意识到自己有些失态，为了缓和气氛，从桌上抓起烟盒，抽出一支点上，狠狠地抽了一口，总算把火气压下去，慢慢地说："我不否认王明龙在其中的责任，我们也不会偏袒王明龙，可平心而论，两者的性质是不一样的，不能混为一谈。即使民工的诉求合理，程序也必须合法，应该通过正常渠道反映，不应该给政府施加压力，更不能给政府维稳添乱。我可以非常坦率地告诉你，在阿狗这件事上，如果处理不当，一旦造成民工和政府之间的情绪对立，究竟对谁有利？你真以为耍江湖义气能通吃黑白两道？"

张国华最后一句话，像一把解剖刀直插姚达军的灵魂，犹如在光天化日之下被人扒了衣裤，恼得他抬不起头。说句实话，姚达军之所以插手这件事，除了愤愤不平外，也藏有私心，想在政府和民工之间显示自己的能量，从而获取最大的利益。但话又说回来，真要让他为了田阿狗的事去和政府一撑到底，他既没这个打算，更没有这个胆量。说到底，他的豪爽仗义，也是"利"字当头。如果成功了，在政府眼里可以增加分量，如果不成功，也能在民工那里能获得更多的拥戴。没有想到这极隐蔽的私念，被张国华点穿了。他有点恼羞成怒，又无法辩驳，只得强笑说："张所长，你是吃公家饭的，当然是帮公家说话，我说不过你。但是有一个事实你无法回避，以前县里也发生过几次劳资纠纷，政府也没有站在民工方面，我没有说错吧。有时即使维护民工利益，民工拿到了本应得到的工钱，政府的出发点多半也是为了维护社会稳定。你说，这是在真心实意地维护民工的合法权益吗？说句不客气的话，我们这些外来人进城以后，扰了城里人的好梦，坏了城里人的规矩，也成了城里人泄愤的目标。找不到工作，就说是我们抢了他们的饭碗。我们是一群姥姥不亲、舅舅不疼的孩子，我们自己再不团结起来，就只能忍受那些黑心老板的宰割了。"

"这完全是偏见。姚老板，你的看法太偏激。社会上是有这种现象，但绝不是全部。再说，欠薪是一个很复杂的问题，决没有你我想象的那么简单，就是政府部门在处理这个问题时，也只能当调解员。哪怕是法院判了，企业还是拿不出钱，你怎么办？就是将企业拍卖换成现钱，也得有一个过程吧。但你把企业拍卖了，民工的饭碗也同时砸了。政府要保稳定，前提是保就业，民工得不到就业，这个社会谈不上稳定。所有的问题都是相互联系在一起的，政府也难呀，问题没有你想象的那么简单。"

张国华嘴上这么说，但内心很纠结，也无法说服自己。这些年来，他在第一线，基本上每天和民工打交道，对情况比较了解。他清楚，虽然政府部门为民工做了太多的事情，可是民工并不领情，效果也不理想，究其原因在于施政的出发点。那些高楼大厦、招商引资关乎当地政绩，直接和地方长官的升迁有关，而民工仅仅是城市劳动力的补充，他们进城就是出卖劳动力换取报酬，现在只要让他们有口饭吃、不闹事就行了。而社会舆论普遍认为，以前城市社会治安状况良好，现在大不如前，究其原因就是农民工进了城，外来民工成了维护社会稳定的重点对象。这些年政府财政支出一年比一年多，增长部分基本都用在维稳方面，就是年年召开的两会上，法院和检察院在做工作报告时，也是将外来人员的犯罪率单列的。所以，一有什么风吹草动，农民工往往会成为批评的对象。社会上也总有那么一股思潮，变着法子想把农民工挤出城去。但他是个小民警，他管不了那么多，他的职责是管好自己的一亩三分地，别让民工在自己的地盘上发生群体性事件。

这时，他忽然跳起来，原来是香烟燎到了手指。他连忙丢掉烟头，使劲地吹吹揉揉，看看脸色显得沉闷的姚达军，不想再多费口舌。对于像姚达军这样的"江湖老客"来说，触动利益比触动灵魂还要困难。他说："姚老板，时间差不多了，我也该走了。你总得给我放句明白话，让我对上面也好有个交代。"

张国华的声音很轻，在姚达军耳里却似擂鼓，这是对方的"最后通牒"，就等自己如何应答了。姚达军喝口水，脸上强挤笑容，说："张所长，既然你说了，我也不能驳你面子，一定全力配合政府工作，如果发现其他民工上访我会劝阻，并提前告诉你的。"

张国华点点头，站起身往外走，刚走两步又回身，从口袋里掏出拾元钱放在桌上，字斟句酌地说："姚老板，来前我和刑侦大队通了电话，田阿狗在里面会依法得到保护，由于案情明确，他老婆夏秋雁也被允许探望。"

"阿狗会判刑吗？"

"你说呢？当然所有的因素，法律都会考虑进去。"

姚达军沉默会儿，突然说："哦，给你提个醒，电视台的小王来采访过了，说要剪成带子传给省电视台。"

张国华内心一震，点点头，没有说话。

姚达军说："你……不再坐会儿了？"

张国华笑了，说："你看都啥时候了，我再坐在店里，你晚上还能做生意吗？"

张国华走出川菜馆，太阳已经西斜，色彩由姜黄转化成浅黄，想不到一待就是一个下午。他不自觉地摇摇头，虽然姚达军作用出承诺，可他心里并不轻松。想到今天发生的事情，他必须马上写出一份详细的报告，供局领导向上汇报，提请注意防范闹事苗头。至于康泰贸易公司的情况，他不想写，他不想让自己卷入得太深……

十一

　　月明星稀，沈前进踏着细碎的月色，穿过中山路，绕过狭窄而短促的花园弄路，在城北新村一间钉着蓝色14号门牌的简陋平房门口停下脚步，伸手正要拍打铁门，就听到里面传来吵闹声，不由得皱起了眉头。一会儿是他大哥沈跃进烦躁的声音，一会儿是他父亲沈大为恼怒的叹气，夹杂着侄子沈军嘟嘟囔囔的辩解。他站在门外听了会儿，然后在铁门的门框边用力地拍打两下，推开走了进去。

　　沈跃进是沈前进的哥哥，虽然只年长六岁，可由于长期劳作，日晒雨淋，看起来要苍老得多。他满头白发，门牙也掉了两颗，嘴里似乎开了个黑洞，不知道的还以为他是沈前进的父亲。他原先在老家种田，田里经济效益本来就平常，加上村里七捐八税的各种摊派，种田反倒成了亏本的伤心事。没奈何他抛下农田，投奔在武水镇打工的弟弟沈前进。他只读了小学一年级，连四则运算也不明白，年龄又偏大，工作实在难找。后来在沈前进的托请下，总算在社区里找了一份扫马路的差使，月薪八百元，年终还有些奖励；住在存放清扫工具的平房里，虽然小，但能搭一张铺。沈跃进心满意足了，在老家，他辛辛苦苦种十亩地，能够到手五百多元就已经是烧高香了，现在年收入达万元了。过了两年，父亲沈大为也带七岁的孙子沈军到了武水镇，当了送水工。工具房太小，实在住不下，就租了城北新村的几间农民房，城北新村是城郊接合部，租金便宜得多。只有妻子徐秋雁守候在老家，婆婆坚决不肯离开老家，十一岁的女儿沈海霞也不便离开老家。按照老家当地的风俗，一个女孩子如果从小跑南闯北，谁能保证你清清白白，长大了还怎么找婆家？为了老人和女儿，徐秋雁也只能留在老家……

　　一晃十几年过去了，沈跃进对现在的生活状况也挺满意，每隔两个月向在老家的徐秋雁汇出一笔钱，成了他最大的乐趣，这既体现了男人的责任，又告诉左邻右舍，他在外面混得还不错。女儿沈海霞也出嫁了，有了两个孩子，看着两个小外孙的照片，沈跃进心里充满了喜悦。唯一让他气恼的是，儿子沈军大了，越来越不听话了。

　　沈军从老家跟爷爷沈大为到武水镇时，只有七岁，进了民工子弟学校，稀里糊涂地读完小学，又稀里糊涂地读了初中。由于户口在老家，没有武水户籍，是不能在武水镇上高中的。当然，就是能上，按他的成绩也是考不上的。当地的职校是可以读的，可沈军坚决不肯进，说读了以后也不能赚大钱，后来去县总工会读了夜校，好歹混了张高中证书。沈前进见侄子不愿进企业，就托在保安公司的熟人帮忙，安排侄子进了御龙湾小区当了一名"黑猫警长"。御龙湾小区是高端别墅区，住户非富即贵。沈跃进很开心，这些年涨了工钱，自己每月有两千两百元左右。儿子一上班，每月就有两千六百元，还有午餐补贴三百元，实在是比自己强多了，如果将来能够混个片区组长当当，钱就更加多了。可他发现沈军总是闷闷不乐。今天晚上沈军下班后回到家里，当父亲劝他不要这山望着那山高时，他突然对父亲发了脾气，大吼着说："别讲了，我都烦腻了。安心？安啥心！我算个啥，我连老板家里的一条狗都不如。"

　　沈跃进惊呆了，没有想到平时沉默寡言的儿子会突然大发雷霆，一时气得说不出话来。沈大为在一旁见了，心里也不是滋味。爷爷是最疼爱孙子的,对孙子的变化比沈跃进还要清楚。沈军当了保安以后,口气大,爱打扮。刚开始他以为孙子大了,年轻人喜欢漂亮也很正常,但慢慢发现沈军的言行变得有些蛮不讲理,不由得在气恼、伤心中又增加了几分担心。

沈大为慢悠悠地说:"小军子,你爸说得没有错,我们现在的生活比在老家时强多了,你又穿上了这身制服,比比你小时候的那些伙伴,还有啥不满足的? 这人呀,如果总是这山望着那山高,那什么时候是个头。人要知足,人不知足,就永远没有满足的时候。"

沈军闷了会儿,摇摇头说:"我满足? 爷爷,我是不会满足的。忆苦思甜是你们老一辈的专利,和我们年轻人没有关系。在我看来,我们进城打工,就是为了钱,钱越多越好,这和在老家地里刨食的老鼠没啥两样。"

沈跃进一拍桌子,抓起小板凳,说:"你这个小畜生,敢这样说爷爷,我劈死你。"

沈大为一把夺下小板凳,阴沉着脸,说:"跃进,你让他说下去,我真想听听他肚子里究竟在想些啥。"

沈军一副无所谓的模样,说:"你们想听,那好,我就说,说了你们可别烦。你们自己看看,进城后都找了些啥活,尽是城里人不愿意干的活,又苦又脏又臭,说到底,就是个苦力,你们还满足? 你们赚几个钱? 我们小区里有个富婆,一瓶法国进口的香水就几万,我风雨无阻辛辛苦苦地站一年岗,还买不起一瓶香水。这公平吗? 你以为我当了保安就开心? 真的,在城市人眼里,我们不过是一群钻进城里刨食的老鼠。说句心里话,看见那种鄙视我的目光,我真想杀了这些富人。"

沈大为咬咬牙,又叹口气,说:"小军子,你这样怨恨,是在怪爷爷当初就不该把你带到城市里来吧,你如果不满意,还是回老家去吧。"

沈军冷笑着，说："回去？凭啥让我回去？爷爷，我是不会回去的。以前我在老家的时候，住在草棚里，吃着大碴子粥，白天看到的是门前的河流，河流对面就是大山，这大山一座连着一座，望不到边，晚上只能数头顶上的月亮和星星。我真的不知道山外面还有这么一个花花世界，还有这么多好玩的、好吃的。以前不知道，现在我知道了，你说我还会回去吗？现在，我既然进了城，就应该吃好的，玩好的，我不欠城里人的，相反城里人是欠我们的。凭什么要我们走？说句狠话，我就是死了做鬼也不回去。"

沈军这话从牙缝里吐出，不但决绝凶狠，也带有几分凄凉，倒把沈跃进吓得说不出话来。他实在想象不出年纪轻轻的儿子，怎么会有这么多离奇古怪的想法。昏暗的灯光下，他呆呆地看了儿子一会儿，说："什么死啊活的，你才多大。你爸老了，管不住你了，你爱咋的就咋的吧。不过爸还是要啰唆一句，千万不要去轧坏淘，轧坏淘没有好结果，有空还是帮你爷爷整理整理废旧物品，也好卖几个钱补贴家里，这比你胡思乱想管用。你没有看见，你爷爷的腰也快直不起来了。"

沈军知道爷爷有老腰病。以前爷爷在老家当村党支部书记时，是全省有名的农业学大寨先进典型，戴着大红花去北京开过会，也去省城大礼堂做过报告，还当过县委书记，爷爷的老腰病就是在学大寨的时候累出来的。后来不知道为啥，爷爷的县委书记的帽子被撸了，灰溜溜地回到村里。当然，这一切他都是听别人说的，爷爷从来不说过去。从他记事起，就只看见爷爷叼着长长的竹竿烟筒，脸朝土背朝天，板着脸孔，挥舞手中的锄头，发狠似的向前刨地。他看看爷爷佝偻的腰身，说："爸，我不会学爷爷的。爷爷拼死拼活一辈子得到了啥，靠捡几个破烂能发财？我将来是要赚大钱的。"

沈大为进城以后先当搬水工，靠给居民送纯净水过日子，后来遇到贵人，开个送水站，承包一些机关事业单位和社区的纯净水供应。

他是个勤快热络人，常会去这些单位走走问问，有时也帮忙打扫卫生，这些单位也会将废旧报纸和仓库里积压的纸板箱送他，到了年底，有些单位还会主动打电话通知，让他去拉废旧物品。他从中看到商机，空闲时踏着三轮车走街串巷去收购废品。沈军很厌烦爷爷的举动，房子已经够小了，收来的废品堆积在小小的院子里，连路也难走，更莫说有一股难闻的气味。如今见老爸让自己帮爷爷去整理这些脏兮兮的废品，沈军真有呕吐的感觉。他赶紧站起来，冷淡地说："爸，上班时间到了，我要去上班了。今晚不回来，我住值班室里。"

沈军站起来，从口袋里掏出一个绿色的小瓶子，对着自己喷了几下，就往外走，正巧和沈前进打了个照面。沈前进突然被一股浓烈的香水味笼罩，不由自主地猛烈咳嗽起来。

十二

"叔叔，你来啦？"

沈军似乎很忌讳和这位叔叔见面。也许是沈军出生时，沈前进已经外出闯荡江湖，也许沈前进见他时话不多而脸庞经常是板着的，总之，他对这位叔叔无法亲近起来。此刻，他见沈前进猛烈咳嗽，眼泪都控制不住地流出来，不由得皱皱眉头，从口袋里掏出一小包湿巾纸递过去，沈前进刚擦了一下，又立刻扔在地下，恼怒地说："什么怪味儿，男子汉用这娘们的东西，也不怕让人嚼舌头？"

沈军这才记起这包湿巾纸含有酒精成分，自己在值班时吃快餐，没有地方洗手，只能用湿巾纸消毒，没想到匆忙之间错递给了这位叔叔。他在心里骂了一句"乡巴佬"，嘴上却说："叔叔，这是香水消毒巾，很贵的，我们小区里那些老板娘平时都用它擦手，连给宠物消毒都用这，我没想到你不习惯，以后多用几次就习惯了。你坐，我该上班了，你坐。"

沈前进气得七窍冒烟，侄子的潜台词他岂能听不出来，无非是笑自己上不了台面。他看着沈军推开房门，像只鸭子似的摆动双手，一扭一扭地踮脚绕过堆在院子里的废旧物品，穿过铁门消失在月光下，只有空气里还含有丝丝的香味，不由得勃然大怒，说："都是让你们惯的，看看，都成了啥模样，当初我就说让他到水泥预制场做工，你们东拦西挡，现在倒好，活脱脱一个公子哥儿。"

沈跃进抽着纸烟，闷闷不乐地说："让他去你的水泥场，瞧他那个单薄的身板，能搬得动一百斤的水泥袋吗？"

沈前进说："哥，那我们呢？我们小时候不也是这样过来的？那时，我们吃啥？累死累活一天，能吃碗饱饭就心满意足了，现在条件总比过去强得多吧，谁的力气是天生的？人的力气都是干出来的，干着干着就有力气了，你看他的那些同学，刘华、小建在开发区都干得好好的，他咋就不能呢？"

沈跃进不耐烦地说："兄弟，我不识字，你也只读过四年书，报纸还看不周全，沈军好赖是高中毕业，他能赤脚短裤地跟那些人去搅水泥？"

沈前进没好气地说："高中毕业有啥了不起，这身价就翻了？笑话！现在大学生也一把把抓。谁让他生在我们这样的家庭，小姐身子丫鬟命，没有把好气力，你让他将来怎么在社会上混？你这么管教，以后会有你哭鼻子的时候。"

"别说这些没用的混账话，说些有用的吧。老三，你今天来家里，肯定有事吧？怎么不说正经事，扯到山海关去了。"

在一旁的沈大为开口了。沈前进在家里排行老三，上面还有一个姐姐，按当地风俗习惯，是不能这样对大哥没礼貌的。可由于父亲、大哥都是他从山沟里带出来的，不免有了优越感，喉咙也不知不觉会响起来。沈大为很看不惯老三的"犯上"，但也无可奈何，老爸权威的时代早过去了，现在是该晚辈折腾的岁月了，他只能用打断对方的话来表示内心的不满。他看着儿子紧皱的眉头，问："你们那个叫阿狗的事情解决得怎么样了，要我看呢，这事难办。"

沈前进一下子被堵住了嘴，忽然对老爸产生了莫名其妙的敬畏感，果然是当过支部书记的人，这头脑里什么时候都有政治两个字，一切都瞒不过他。他感到很为难，因为老爸的表态已经有了暗示，让他无法开口。想了会儿，沈前进说："爸，我今天回家，就是想向你讨个主意，看看这件事情咋办最妥？"

沈前进说话也很有策略，老爸有了面子，说不定会有好主意，他毕竟是在那个政治挂帅的年代里滚过来的，用现在的话来说就是"老江湖"。他先喝口水理顺思路，然后很委婉地说了来意，尽管如此，沈大为的脸色立刻像挂了层霜。

"胡闹，这事你瞎掺和啥，那公安是好惹的？你就不想想自己还有一家子人，国荣还在读初二，你就这么喜欢像小青年那样打打杀杀？"

沈大为个子矮小，脸庞削瘦，眉毛快掉光了，有几根胡须稀稀拉拉，胡须下是尖尖的下巴，两片薄薄的嘴唇含着长长的白铜烟竿，吧嗒吧嗒地吸着，眼珠淡黄犹如猫眼，在暗红烟烬的闪烁下泻出光亮，一会儿紫，一会儿青。虽然外表沉默不语，但沈跃进看到老爸手背上青筋暴绽，仿佛是春蚕在慢慢地蠕动，就知道老爸恼怒到了极点。他转脸看看兄弟，说："老三，这事太大了，一个不小心会翻船的，你就别让爸出这个头了。爸都这岁数了，让他过几天安稳日子吧。"

沈前进说："哥，不是我要出头，这件事全是那个王胖子的错，他拉屎拉尿都拉到我们农民工脖子上来了，你不和他理论一番，今后他就更加猖狂了。"

沈跃进说："王胖子拉屎拉尿是他错，可他哪怕是犯杀头的罪，也有政府来管，轮不到你们出头。你们算个啥呢？你们是政府？你们是王胖子的祖宗？要我说，你们什么都不是，就是个打工的，鼻孔里插大葱，装什么象呢。老三，依我说，你也少管管，你就老老实实地干好自己的活就得了，别给自己找不自在。"

沈前进从心底腾地冒起一团火，冷笑一声，说："哥，按道理我不应该说你，你从小就怕这怕那，可怕来怕去我看也不比我混得强。

我好赖还有一帮朋友能陪我喝酒吃肉，你呢？马善被人骑，人善被人欺，这个就是世道。大家进城来都是为了混口饭吃，人生地不熟的，你不抱团就只能够受人欺负。做人要讲道理，但决不能怕，你越怕，这鬼半夜就越敲门。哼，如果有人敢欺负到老子头上，老子就让他吃不了兜着走，大不了同归于尽！"

"啪！"

沈大为猛地一掌拍打在桌面上，震得桌面上的碗筷都跳了起来。灯光下，他脸色铁青，眼里射出冷光，嘴角抽搐，咬牙切齿地看着沈前进说："你想找死呀，越说越出格，都不知道自己几斤几两！你算个什么东西，在我眼里，你就是只臭虫，用一只小拇指就能碾死的臭虫。别人喊你几句大哥，就不知道东西南北，真把自己当成救世主了。告诉你，老子当年比你风光得多，登过报纸，上过广播，戴过大红花，见过多少大首长。最后怎么样？要你哭就哭，要你号就号，要你像丧家犬一样在地上爬，你就得爬！你也不睁眼看看，老板背后是啥，和老板对着干，你有几个脑袋？"

沈前进见老爸脸色发青，面貌显得狰狞恐怖，心中也有些害怕。那时候他小，只知道老爸在省城被隔离审查，三个月后老爸回来，头发花白了，也没了大嗓门，满村里的人都说他是老虎变成了煨灶猫。他想安慰老爸几句，一时也不晓得说些啥，起身想走，就被爸用竹竿烟筒拦住了。

"年轻人不懂规矩，要吃亏的。你呀，真的要好好学学你大哥，别学那梁山泊上的黑旋风，打打杀杀以为威风得不得了，结果呢连怎么死的都不明白。"沈大为狠狠地抽一口烟，用竹竿烟筒敲打桌角，火星子在空气中啪啪作响，沉默会儿，说，"你的来意我明白了，明天我去找汤局说说，好赖让他知道这情况。你也别抱太大的希望，这年头，能念旧情的干部不多，汤局已经算是好的，可是要让他出头露面为阿狗说话，也难！"

沈前进再一次无语地点头，看来老爸并不糊涂。他忽然从怀里掏出两盒"红双喜"烟放在桌上，说："爸，别老是抽旱烟，到了冬季又快咳得躺不下了。"

　　沈前进朝门口走，刚跨出门槛又收回脚步，回头看看蹲在地下的沈跃进，说："大哥，你得花心思管管沈军，实在不行还是送回老家去吧，免得在这里挠心。"

　　沈跃进不耐烦地说："沈军……他又咋的啦？"

　　沈前进叹口气，说："哥，有人告诉我，说看见沈军这孩子在九尾狐的包厢里，被一个青年婆娘搂着灌酒呢。"

　　沈跃进大吃一惊，忙问："什么九尾狐？那是个啥地方？"

　　沈前进说："你连九尾狐都没有听说过？比我还土鳖。那是城里最大的歌舞厅，里面什么鸡呀鸭呀猫呀狗呀，都有！"

　　沈跃进晕了，问："歌舞厅里养那么多鸡鸭猫狗干啥呀？"

十三

张国华出了电梯，拐弯走到咖啡色的防盗门前，掏出钥匙正想轻轻地插进，门自动开了，门缝间露出一张俏丽甜净的圆脸。

"你……今天总算下班了。"

张国华听出妻子的话里含有埋怨和担心的意思，也不解释，只是笑了一笑，进入室内，先是两个脚跟相互一搓，皮鞋落在地下，顺势抱住单玉华，另一只手把门带上。

"别闹，赵阿姨刚走，妈还在哄小丽呢。"

"国华，进来吧，你的宝贝女儿听到你的声音，不肯睡了，你来训她几句。"

张国华呵呵笑了，换了拖鞋走进西边朝南的那间房间。这是套一百二十平方米左右的住宅，中间从南向北分别是阳台、客厅、饭厅和厨房，形成长长的一溜。右边朝南是张国华夫妻的主卧室，对面有一个盥洗室。左边南面现在是岳母和女儿的卧室，卧室对面是书房，现在住着保姆赵阿姨，再旁边是一个大卫生间。这样的布局，在不经意中把住宅间隔成两个生活区。张国华走进里间，见十八个月的女儿小丽正拍手朝自己乐，便把她抱了起来。两人不分大小地闹了一阵，张国华将女儿交还给岳母，说："妈，药吃了？"

张国华的岳母叫陈玉珠，退休前是县委办信访室干部，丈夫原是县工商局局长，平时身体很康健，可在一次下村途中突发脑溢血，倒在车里，虽然经过多方抢救，最终还是回天无力。陈玉珠退休后原本是自己一人居住，倒也轻松快活，但外孙女出生以后感冒不断，禁不住女儿再三劝说，也心疼外孙女，便搬过来照看外孙女。她看着外孙女渐渐长大，越来越乖巧，心里很开心，可慢慢地她发现自己成了全职保姆。女婿是公安，准时下班是不可能的；女儿是县委办机要科科长，县委副书记的跟班秘书，也很难准时回家。自己每天"马大嫂"，别说是晚跳舞、早锻炼，连逢年过节单位难得开个茶话会都跑不出。而且这种情况一般要延续到外孙女小丽考上大学为止，那要整整十八年呀，相当于十四年抗战，外加一个解放战争。那怎么行呢？再说自己颈部有斑块，血压也不稳定，每天在吃阿司匹林肠溶片和阿托伐他汀，不能过分劳累。于是经过和女儿商议，决定找一个保姆。陈玉珠是一个眼光比较高的人，当初张国华就是她帮女儿挑的。现在她又拿出当初那种认真、挑剔的态度，对保姆的年龄、身体、模样、脾气做了要求，尤其是对管好保姆那张嘴做出特殊要求，不能哒哒哒的像机关枪，对外什么都说。张国华按图索骥，经过千挑万选，才选中了一天到晚脸上乐呵呵的赵阿姨。

　　赵阿姨叫赵荷花，河南人，五十岁左右，中等身材，性格开朗，人清清爽爽的，没有复杂的社会关系。在议好工钱以后，赵阿姨就来家里帮忙了。她星期天休息，平时每天早出晚归，中午、晚上两顿吃在张家，等晚上一切都料理完了再回去。如果张国华和单玉华回来晚或者出差，就搭铺住在北面的书房里。一年多下来，赵阿姨勤快、细心，陈玉珠很满意，而这个家只要陈玉珠满意，全家就都满意了。

　　陈玉珠点点头，说："国华，我刚看完嘉德夜间新闻，怎么没有田阿狗的消息，这究竟是怎么回事？"

　　张国华吃了一惊，没想到连岳母也晓得了田阿狗。按照纪律，他不能说啥，可这是在家里，自己又是办案民警，总不能一问三不知。他用极其简单的语言说了当时的经过。陈玉珠也是知道规矩的，没有再问，说："依我看，这个王明龙就该挨千刀，田阿狗辛辛苦苦为他打工，他凭啥不给人家工钱？还闹出这么大个乱子，给我们党和政府脸上抹黑，真是天理难容。政府的屁股不能坐在老板那里，要多为农民工想想，不然迟早会出问题的。国华，你们警察对民工态度也要和气点，他们进城打工混口饭吃不容易，不要凶巴巴的。"

张国华赔笑说："妈，哪能呢，对民工我们是有纪律的，我们可不敢违反纪律。"

又说了几句话，陈玉珠催他们快回房，别影响外孙女睡觉。小夫妻回到自己的房间，单玉华把门关上，轻声问："田阿狗这件事你们公安究竟怎么处理？"

张国华说："你会不知道？在看守所押着，县委办有什么反应？"

单玉华说："机要科早就收到你们公安发来的情况通报，我们一分钟也不敢耽搁，领导签完字立刻上传市委办。县委办也马上通知电视台，不要采访，采访了也不许播出，尤其是不准向上送稿，出了差错，台长是第一责任人。"

张国华说："我最担心的就是这点。我们辛辛苦苦抓稳定，那些记者为了抢眼球，一个报道就把我们的计划打乱了，好像只有他们才是主持正义的。"

单玉华说："这些情况领导都明白，新闻报道本来就是一柄双刃剑，屁股决定脑袋，这很正常。现在强调稳定压倒一切，维稳具有特殊性，平时要求我们每天一报，遇到事情特事特办，要求我们随时上报。哦，告诉你一件事，电视台那个王永昌已经调离采访部了。"

张国华有些吃惊，说："这么快？"

单玉华一笑，说："能不快吗，我们嘉德县是民工大县，外来人口总数已经超过本地户口，这在省里是挂了号的。你说，哪个领导敢掉以轻心？那个王永昌是从外地引进的，遇事不知道轻重，调离采访部，也许对他是个保护。"

说话间，单玉华卸了妆，已经坐到床上，用遥控器点开电视机，调整到点播频道。张国华问："那局里的通报写了些啥？"

单玉华莞尔一笑，她知道丈夫最关心的就是这一点。她一面寻找节目，一面说："通报很简单，大意是民工纵火，公安出警，及时果断制止了一起恶性事件的发生。"

张国华问："通报上没有提到县委书记亲临一线指挥吗？"

单玉华反问，说："有这必要吗？这又不是什么光彩的事，写上老大就不怕老大生气？哦，通报中没有提老大，倒是提到你了，说你机智果断，奋不顾身，控制住了那个田阿狗。我说，你以后少表现自己，你是奋不顾身了，形象光辉了，万一有个好歹，我和小丽怎么办？"

张国华笑着说："哪能呢，我的身手你还能不知道，会吃那个亏？"

单玉华看看丈夫，说："别逞能了，以后小心点，免得我牵肠挂肚。快去洗洗，一股汗酸味，又抽烟了……"

张国华在盥洗室里冲完澡，披了件睡衣回到寝室，见妻子全神贯注地看着屏幕，他侧身贴近抱住妻子，轻轻地问："妈怎么会知道田阿狗，你告诉的？"

单玉华说："我有病呀，是赵阿姨在给小丽洗澡时对妈说的。"

张国华越发吃惊，问："赵阿姨怎么会知道的？"

单玉华轻轻推开丈夫那只在自己身上游动的手，说："这有啥奇怪的，赵阿姨的老公在梅苑酒家帮厨，和振兴预制场的沈前进是朋友，她老公知道了，她能不知道吗？"

张国华听了心中越发觉得不安，现在不仅仅是公安有网络，民工也形成了网络，而且这网络都延伸到自己家里来了，他相信这网络同样也已经延伸到其他机关干部的家里……他无语地看着屏幕，眼前却是一片模糊，根本没看清楚是啥内容，连妻子的问话都没有听明白。

"丢魂了？又在想啥呢？还在想田阿狗的事？"

张国华点点头，说："田阿狗很可怜，如果能要到工钱，也不至于刑拘。那个王明龙还告诉我，前几天有位县领导亲自打电话给康泰办事处那个姓支的小老板，商量欠薪的事情，那个姓支的竟然将电话甩了，狗仗人势，这气焰也太嚣张了。"

单玉华瞪了一眼，说："你又要胡思乱想了，就不会动动脑子？现在如果仅仅是几个民工欠薪，事情就简单了……不说了，睡吧。"

单玉华关了遥控器，将台灯灭了。窗外路灯光射进室内，黑暗中反而显得明亮。夫妻相拥，耳鬓厮磨，喃喃私语。忽然，单玉华在耳边悄悄地说："老公，现在究竟是老板欠薪还是政府欠薪，这谁也说不清楚。还有那个康泰贸易呀，你也别多问，好吗？"

单玉华声音渐渐低沉，浑身燥热，情不自禁地发出娇吟。就在她情迷意乱的时候，手机震动起来。张国华从混沌中清醒，支起身还没有听完电话，就腾地坐起身，说："我五分钟后马上到现场。"他回头歉意地对妻子说，"又有任务了，你先睡吧，我处理完立刻回家。"

单玉华恨恨地拧了丈夫一把，说："你还知道有个家？去，今晚最好别回来，睡在大街上，也让我睡个安稳觉。"

十四

在五颜六色灯光的摇曳下，在震耳欲聋的音乐怪叫声中，伴随着打斗的、吹口哨的、相互扔啤酒瓶的，以及趁乱在女性身上浑水摸鱼的，"销魂今宵"乱成了一锅粥。

"销魂今宵"是九尾狐娱乐城里最大的歌舞厅，设施豪华，中间是一个亮闪闪的舞池，北面是一个硕大的屏幕，大小不等的包厢有规则地分布在舞池的四周，无论是两人的、三人的还是多人的小包厢，都正好避开灯光的照射，浓缩成一个个黑暗中的圆丘，只要帘子一拉，就是与世隔绝的"别有洞天"。当地人戏称它为"蒙古包"，包厢的后面是一长溜服务吧台。

九尾狐娱乐城是文化经营单位。张国华一出家门，就立刻打电话给县文化市场行政执法大队的老周，请他马上带人过来，参与联合执法。等张国华赶到九尾狐娱乐城大门口时，老周带人也到了。

"怎么回事？什么原因引发的？"

报警的是九尾狐娱乐城的老板陆志云，四十出头，个子中等，长得面黄肌瘦，眉毛稀疏，眼睛不大，圆圆的，鼻孔下有几根稀稀拉拉的老鼠胡须，随着呼吸微微飘动，似乎永远含着笑意。他看看张国华，虽然以前也多次打过交道，但浮肿的脸庞上还是浮起近乎谄媚的笑容，张开两片薄薄的嘴唇，刚要说话，又立刻从口袋里掏出几包中华烟递过去，说："领导先点支烟，不忙，到我办公室喝杯茶，我再仔细汇报。"

张国华摆摆手，皱皱眉头，说："我还有其他事呢，你快说吧，具体是怎么回事？"

陆志云狡黠地一笑，连忙将烟塞给辅警，跟在后面说："张所长，这件事说起来也简单，就是两个老猫为了争夺一只雏鸭打了起来。"

张国华嘴里吐出两个字："恶心！"

陆志云点点头，说："可不是吗，老牛吃嫩草，怪恶心的，还好意思在大庭广众面前撕来咬去，那只小鸭子也怪可怜的，哪里经得起两只老猫蹂躏？"

张国华截住，说："说具体些，当事人你认识吗？"

陆志云说："张所长，一个当事人你也认得，就是周彩芹，蒙娜尔美容店的老板娘。这一段日子，她隔三岔五带一只鸭子来这里玩，今天晚上她和那只鸭子正在跳舞，突然上来个穿红衣的青年女子横插一杠，开价要把那只鸭子带走。"

张国华截住话，问："那个红衣女子你认得吗？"

陆志云摇摇头，说："不认得，以前也来过几次，不唱歌，也不跳舞，就是喝杯咖啡，对谁都不理睬，我也弄不懂是哪路神仙，兴许又是个出来找乐子的富婆。"

张国华说："后来呢？"

陆志云说："那周彩芹是有名的雌老虎，哪能在大伙儿面前丢丑呢，两人大吵大闹还动了手脚，我一看有麻烦，就赶紧打110报了警。"

张国华冷冷地说："是呀，你们挣钱发财，把我们当成看家护院的，连半夜也不让我们睡个安稳觉。"

陆志云连忙赔笑说："不是说有困难找警察吗，我这也是没有办法，万一闹出个人命案子，那就更影响社会和谐稳定了。"

张国华一行朝里面走去，两廊金碧辉煌，一边是香艳薄纱的女子，一边是轻脂薄粉的男人，嘻嘻哈哈地朝他们摆手，似乎在列队欢迎。张国华没有理睬，径直走到"销魂今宵"门口。他朝里望去，里面半明半暗，一群人围着起哄，传出尖叫声和口哨声。他和老周低语几句，说："陆老板，场面太混乱了，去把大灯开了，老周在这里维持秩序，你把那几个当事人都带到办公室来。"

　　张国华留下辅警帮助维持秩序，自己去了总经理办公室。他先调看监控录像，鼻孔里发出轻轻的冷笑，正要再倒放一遍，陆志云已经将周彩芹和那个小青年带了进来。张国华冷眼扫视两人，最后目光落在那个身材单薄、面容文静的小青年身上，似乎觉得面熟，后细细一想，这不是御龙湾小区的那个小保安吗？当初沈前进为这事找过自己，是自己和保安公司打的招呼，这小浑蛋什么时候也开始学习傍富婆了？张国华克制内心的厌恶，把目光转向周彩芹，正巧周彩芹转脸悠闲地吐个烟圈，朝他妩媚地一笑，便下意识地点点头。

　　张国华对周彩芹不太熟悉，但也听说过她的一些事情。二十年前，周彩芹还没有读完技校，就不顾父母反对早早地闯荡江湖，先后跑过保险，推销过啤酒，当过大堂经理，办过木板厂，也承包过建筑工地，后来去了南方。几年后又杀回本地，成为某国际知名化妆品牌的地区总代理，再后来办起全具最大的美容院，成为县城著名的"一姐"，认得的都称她为"周姐"，她也以"周姐"自称。她早早结婚，老公是个搞水泥管桩的老板，在这一带颇有名气，还是本市的政协委员。张国华心中纳闷，这样一个珠圆玉润的漂亮女性，怎么会看中沈军这样的"丑小鸭"，难道就不怕老公翻脸？但他非常冷静，没有对周彩芹说一句话。他心里清楚不能和这样的女人对话：这些女人、包括她老公的私生活，犹如奥吉亚斯牛圈那般肮脏而不能明言，一旦刨根问底儿就会牵出一批你意想不到的人物来，搞得你无法收场，作为警察，他只能将这作为一般治安纠纷处理。

周彩芹朝张国华笑笑，转脸又不慌不忙地慢慢地抽烟，那是一种特殊的女性烟，与其说是抽烟，还不如说是为了显示自己优雅的姿态。她没有将张国华放在眼里，对方充其量只是一个小小的派出所副所长，而自己的"麻友"非富即贵，哪一个人的能量都比张国华大……她正这么想，忽听张国华一声怒吼，倒把她吓了一跳。

　　"我认得你，姓沈，御龙湾小区的保安，是吧？给我站起来，装啥人模狗样的，扒了皮三两筋七两肉，一钱不值！不去好好值班，敢在这里闹事，你真长本事了，这地方是你该来的吗？这是什么地方？也不摸摸口袋里有几个钱。如果不看在你是初犯，我立马就拘了你！你爸、你爷爷辛辛苦苦地供你读书，让你走正道，你倒好花天酒地，你爸、你爷爷一个月的生活费，还不抵你一个晚上灌的迷魂汤，你哪来的这么多钱？"

　　张国华声色俱厉，句句像刀子直剜周彩芹心扉。周彩芹又羞又恼。她知道张国华是在指桑骂槐，但又不便接话，起身想避开，内心又舍不得身边这块小鲜肉，再说隔壁还有那个臭婊子在虎视眈眈呢，自己一走，岂不是便宜了那个小贱人。她那颗心正七上八下地跳动，忽听得张国华说："你们走吧。"

　　周彩芹一愣，刚开始以为自己听岔了，见张国华看着自己，立刻醒悟过来，忙问："我们这就……走？"

　　张国华没有表情地说："舞厅损失该赔多少，你自己和陆老板商量。"

　　周彩芹立刻笑逐颜开，说："张所长，改天我请你吃饭。"

　　张国华没有理睬，看着周彩芹和沈军一前一后出了办公室，不由得摇摇头。这时，红衣女子脸色冷漠地被带进办公室，坐在对面的真皮沙发上。她翘起二郎腿，一言不语地"啪"地划动打火机，非常熟练地点燃细长的卷烟，吸了口又慢慢地吐出，仰脸看着在吊灯下慢慢飘动的烟雾，一副旁若无人的模样。张国华没有动怒，颇有兴趣地看着眼前这个俊俏的青年女子。

"叫什么名字？"

"曼莉花。"

"曼莉花？"张国华在心里琢磨，忽见曼莉花眼波闪烁，心头蓦然大震，脑海里飞快闪过一张照片，不由得喊了一声："万美娟！"

十五

　　万美娟无聊地在步行街上踏着碎步，这是长三角城市群里最繁华的一条商业街。可是，无论是琳琅满目的橱窗、珠光宝气的店铺，还是灿若云霞的时装，都激不起这位姑娘丝毫的兴趣，今晚住哪儿都还没有着落，莫非还回武水去？

　　万美娟是河南人，从小随姐姐万鲜花到武水镇，在武水镇读完高中，又回到当地参加高考。武水镇的教育质量远近闻名，万美娟读书也很用功，所以考取了本省一所财经学院。一个山沟里的小姑娘能考取大学，无疑是草棚里飞出了金凤凰。全家人非常高兴，都说是祖坟上冒了青烟，放在以前那就是女进士啊。万美娟自觉身价高了眼光也大变，那些高考落榜的同学一个都不在她眼里。大学毕业以后，她不想再回当地求职，可在省城先后找了几个工作，都没有达到她原先设定的年薪标准。第二年秋天，她约大学同学王永昌一起来到武水镇。王永昌考入电视台，而她却没有被县税务局录取，没奈何，进了一家合资企业财务部。她身材苗条，肤色白净，容颜秀丽，谈吐得体，很快进入企业高管的视线。从此，随着收入的不断增加，内心的苦恼也在与日俱增：除了高频率地陪酒，她还要承受那些高管的污言秽语，乃至有意无意间的在女人敏感部位的触摸。

这天中午，她刚踏进中山路上的优家咖啡店，临河靠窗座位传来欢快的声音："小天鹅，你怎么在这里？"

"小天鹅"是万美娟读大学时同学取的绰号。万美娟定睛一瞧，也不由得欢呼起来："钦玲，怎么是你？真是太巧了。这位是……"

"这是我的助手小曼，曼莉花。"

曼莉花也是个年轻、漂亮、热情的姑娘。万美娟和她打了个招呼，然后问："钦玲，这几年你去哪儿了？"

"来杯咖啡！"蒋钦玲朝服务员挥挥手，然后对万美娟说，"我们来嘉联商场联系业务，事情办完了在这里喝杯咖啡。你怎么也在武水？"

万美娟把自己的经历说了，蒋钦玲和曼莉花对视一眼，笑着说："男人都是猫，有几个不沾腥的，怪谁？谁让你这般俏模样，别说是男的，就是我见犹怜。"

万美娟愁眉不展，说："还是好同学呢，就知道取笑人，也不知道人家心里有多烦。"

蒋钦玲慢慢地喝着咖啡，慢条斯理地说："职场嘛那是男人的战场，女人免不了都会有些尴尬，况且你又这么漂亮。刚才你说年收入多少……辛辛苦苦就那么点，还不够我买化妆品的。你猜猜，我的年薪是多少，是这个数！"

万美娟惊讶得合不拢嘴，说："一百万？什么工种？"

蒋钦玲大笑说："工种？我是推销珠宝的，国际品牌，满世界飞，如果做得好，一百万都不止。你看看外面的那辆红色凯迪拉克，够漂亮吧。现在都啥年代了，凭你的冰雪伶俐，还守着你那个破老板。我看你干脆跟我做吧。这是我的名片，谁让我们是老同学呢！"

万美娟看看名片，问："你改名字了？"

蒋钦玲说："我随母姓，现在叫胡晓梅。"

蒋钦玲扔出的这张粉红色带有香味的名片，在万美娟的心里激起巨大涟漪，一连几夜无法安然入睡。这一晚又是陪客户喝酒，在昏暗的包厢内，当那只粗野的手试图强行插入裙裤的三角区时，她终于忍无可忍，将一杯闪烁琥珀色彩的红酒泼在对方那张削瘦的猴脸上……

几天后她去了 P 市，却没有遇见胡晓梅。名片提供的地址是准确的，那是市区中心的一栋高端酒店，可电话却打不通。她手心冒汗，因为老板在他的朋友圈里，已经拉黑了自己的名字。

就在她站在橱窗前对着时装发呆的时候，身后有人喊她，万美娟转脸高兴地喊起来："曼莉花！"

曼莉花说："看时装呢，有兴趣？"

万美娟摇摇头，说："一万多呢，也就饱饱眼福吧。咦，你怎么在这里？"

曼莉花说："我在找你呀。刚才听大堂经理说，有一个漂亮姑娘来找胡姐，我一猜准是你，果然让我猜着了。"

万美娟说："钦玲去哪里了，电话都打不通？"

曼莉花一笑，说："胡姐飞中东了，那里信号不好，她走前专门交代，让我接待你。"

两人回到大酒店，坐电梯上了十八楼，走过铺着红地毯的走廊，曼莉花打开朝南的一间房，说："这几天你就住这里吧。"

这是一个布置豪华的套间。万美娟迟疑说："这……不合适吧。"

曼莉花说："这是胡姐的住处，有啥不合适的，这张消费卡你也拿着。我就住你斜对面，有事打我电话。"

万美娟住在大酒店里，每天下午曼莉花过来陪她聊聊天，到了晚上就失联。万美娟也失眠了，不知道蒋钦玲啥时回来，夜间点播频道，看得她面红耳赤，心旌摇曳，却又舍不得关闭。虽然她和王永昌有过多次亲热，但还没有上过床。从本质上说，她是保守的，所以，这些火辣场面对她来说是全新的体验。眼见曼莉花使钱如流水，她心里也犯疑，难道推销珠宝真有这么高的收益？直到那天子夜时分，她从房门的瞭望孔中，看到一个男子拥着花枝招展的曼莉花进入对面的房间……她一夜没有睡好。

第二天下午，曼莉花走进房间聊天，忽然问："昨夜没睡好吧，在想什么呢？"

万美娟脸一红，问："钦玲啥时回来？"

曼莉花说："胡姐不回来了，她要在那里嫁人了。"

万美娟说："你们搞推销……怎么会那么有钱？"

曼莉花先是咯咯咯地笑，然后意味深长地说："男人可以花天酒地，我们女人为什么不能纸醉金迷呢。天上不会掉馅饼的，你也看到了，我是宁当奶瓶不当花瓶。美娟，青春就那么几年，千万别辜负了你的花容月貌。这里遍地都是钱，就看妹妹你肯不肯大胆地往前走。"

万美娟期期艾艾说："那以后呢？"

曼莉花冷笑说："以后？莫问以后。你记住，没有一个女人会自甘堕落，但是，金钱可以漂白一切。"

夜幕很快降临，望着脚下落地长窗外怒放的华灯，万美娟忐忑不安，曼莉花走了进来，说："美娟，我带你去个地方散散心。"

几分钟后，曼莉花和万美娟进了电梯，直接上到二十八层。通过走廊，曼莉花又换电梯，一会儿电梯门打开，万美娟吓了一跳。门口站着四个彪形大汉。曼莉花笑着点头，拉万美娟走进一个帷幕深重、光线暗淡的大厅。中央是一个玻璃大橱，橱内，在强光的直射下，一对赤身裸体的青年男女正在大床上翻云覆雨……两侧分别还坐着一些赤身裸体的俊男美女。

"这是服务生的必修课。你注意他们的技巧。"曼莉花边脱衣服边说，"脱吧，慢慢就习惯了，别以为你是大学生，这些都是，我还在读研究生呢。"

……

半夜，万美娟回到十八楼，曼莉花忽然说："今夜……那是个不错的男人，好好享受。"她把万美娟推出电梯，自己下楼去了。

万美娟的神情还沉浸在大厅混沌、亢奋的氛围里，刷开房门，还没来得及插卡亮灯，一条黑影从身后抱住了她。恍惚中她半推半就，顺从了那男子的摆布和驾驭，在一场刻骨铭心的互动后昏沉沉地入睡，醒来时发现自己一丝不挂，曼莉花正站在床前对自己笑呢，不由得羞红脸，连忙抓过丝巾掩住前胸。

曼莉花叹息，说："没有想到你还是女儿之身，真难为你了。刚才那客户给你打了二十万。"

渐渐地万美娟知道了大酒店的奥秘，十七层以上是高档会所，曼莉花也是服务生，吃住在会所，还代言某个时装品牌。万美娟取艺名小天鹅，很快地进入角色。两年以后，曼莉花读完研去了南方，临走时将身份证扔给万美娟。万美娟也知道曼莉花是个假名字。她感激地拥抱了曼莉花。她明白，尽管身份证是假的，但里面有许多宝贵的人脉信息资源。

……

万美娟听到张国华的喊声，脸上无动于衷，内心却是大震。虽说她在外面"混"，心里还是忍不住地想念亲人，有时夜间会戴副墨镜偷偷地开车回来，找个地方喝杯咖啡。今晚她也仅仅是想在舞厅里听听音乐，却意外地认出了沈军，心里又恨又急，原想把沈军带走训斥一顿，没有想到和周彩芹发生了争吵……

张国华看万美娟沉默不语，心想既然周彩芹已经离开，就没有必要再点破万美娟的身份，他挥了挥手，说："你姐在报上登了寻人启事，王永昌也在找你呢。"

万美娟仿佛没有听见，头也不回地走了。

十六

　　早晨八点二十分，汤启明的身影准时地出现在二楼的走廊上，还没有走到局长兼党组书记的办公室，朝北的卫生间里突然走出一个拎着蛇皮袋的老人，汤启明一愣，说："老沈，啥时候来的？"

　　沈大为说："我早就来了，怕吵了大家，就蹲在茅房里。"

　　汤启明说："有事？来，到我办公室坐下说。"

　　汤启明和沈大为是老熟人。1975年春，高中毕业的汤启明作为知识青年到农村去，落户在河南驻马店某乡，大队党支部书记恰好是沈大为。沈大为对这个能写善画的中学生很入眼，推荐他担任县广播站的通讯员，负责大队的新闻报道，同时帮助自己写发言稿。汤启明也很努力，第二年春季就加入了共青团，被树为"接受贫下中农再教育"的先进典型。就在汤启明渐渐熟悉各项农活的时候，沈大为心中的不安也在慢慢地增长。他看到豆蔻年华的女儿，有事无事地老往汤启明那里黏糊。沈大为虽然在口头上欢迎知识青年扎根农村，可内心却认定知识青年都是"飞鸽"牌，早晚要飞出小山村的，万一女儿让汤启明扎了根，那终身岂不毁了？当年夏天，他不动声色地推荐汤启明上了省师范学院。尽管按照文件规定，知识青年接受再教育必须满两年以后，才具有工农兵学员的推荐资格，但沈大为当时是大队、公社、县三级书记，招生办哪个敢捋虎须呢?

二十多年以后，汤启明担任了嘉禾县委组织部副部长，后来又调到县信访局。在一次上街买菜时，意外发现沈大为在拣菜帮子，尽管衣衫褴褛、面容苍老，他还是一眼认出了当年的恩人。欷歔之下，汤启明打了几个电话，将一个街道办事处每天送纯净水的生意照顾给了沈大为，还把自己一辆半新的自行车送给沈大为。沈跃进就是每天用这辆自行车驮着儿子上学的。沈大为常常暗自感叹，当初自己帮了多少人，可如今只有汤启明还记得自己的好处，看来老天还是开眼的。

沈大为走进办公室，这是沈大为这些年第二次进办公室。上一次进办公室还是刚碰到汤启明的时候，他是很自觉的。他坐在松软的沙发上，望着窗外那抹越来越红艳、越来越明亮的阳光，心里盘算怎样开口，就听得汤启明说："老沈，你是平时请都请不动的，今天来肯定是遇到了难事，说吧，别磨叽。"

听到"磨叽"两字，沈大为不由得咧开嘴笑了笑，那是他那个山沟里的土语，已经好长时间没听到了，也难得汤启明还记得。但他立刻收敛笑容，看着汤启明关切的眼神，斟字酌句地把来意讲了。汤启明不等听完，眉宇间慢慢地出现了个大疙瘩。

在外界人眼里，信访局似乎是一个不起眼的小部门，其实信访局是直通中枢的要害部门，是连接政府与百姓的渠道，汤启明长期从事信访工作，焉能不懂得这件事情的轻重。对沈大为提出的事情，自己回答得轻了重了都不妥，关键是要弄明白这件事的来龙去脉以及所有的细节，供上级部门决策，底线是千万不能酿成群体性事件。借着续水的功夫，汤启明内心紧张地思索，一边和颜悦色地提问题。他知道，县委办肯定早就看到了情况通报，现在需要的是了解细节。

汤启明说："老沈，情况我都清楚了，你的意思我也明白。田阿狗我不认得，可他老爸田大山我熟悉，当年还在他家里吃过饭，没想到年纪轻轻就得病走了，田大妈我也认得，都不容易。阿狗的事情我一定向上反映，这也是我的工作，不用谢。你说到谢我就难为情了，相反我应该谢谢你，是你向我们提供了情况。不过……"

沈大为连忙问："不过什么，汤局你尽管说。"

汤启明脸色凝重，说："阿狗的事情怎么处理，请大家一定要相信政府，要相信法律，千万不能将事态扩大，譬如说越级上访、聚众游行或者是暴力冲击有关部门，这些事情绝对不能干。做了这些事不但不能解决问题，反而会使问题扩大化复杂化，对解决问题没有任何帮助。我也可以向你交个底，无论你越级上访到哪一级，最终处理还是在当地，还是要依靠当地政府来解决。你懂我的意思吗？"

"这个我懂，情绪再大，也不能解决问题。我一定对前进他们讲，我决不会让他们胡来的。"

沈大为知道自己的话只能讲到这个地步，汤启明的回答也只能到此为止，就站起身告辞。汤启明看看他，忽然从靠墙的书橱里拿出一条"利群"烟，用报纸一卷塞进沈大为的蛇皮袋里，面对手脚无措的沈大为，说了声别客气，一直将沈大为送到楼梯边，又轻轻地说："老沈，记住，告诉前进，千万不能扩大事态。"

沈大为千恩万谢地走了。汤启明的内心却似开了锅。他明白，所谓农民工，就是有农民的身份，离开自己的土地进城出卖劳动力的那个群体，说穿了就是城市里的苦力。如今，农民工被欠薪已经不是个别现象，他也多多少少听说，这康泰公司的资金链似乎出了问题，不但把县里的一些企业拖下水，就是周边一些地区企业的日子也不好过。当初大家都把康泰公司当成"金娃娃"，都想搭"顺风车"助推自己起飞，争先恐后地往康泰公司脸上贴金，谁也想不到康泰公司也会有资金周转困难的一天。可农民工才不管你资金周转困难不困难，他们是要每天吃饭的，既然为你干活，你就得付工钱。所以田阿狗的事也不单单是田阿狗个人的事，万一处理不当，就会引起连锁反应，引发社会震动。他快步回到办公室，立刻拨通了公安局冯海泉的电话。

他和冯海泉很熟悉，大家都是县维稳领导小组的成员，在工作上有交叉常联系。他开门见山地把沈大为来办公室的事说了，问田阿狗案情的处理进度，并谨慎而委婉地提出可否有变通之处。

"冯局，我这个人你是了解的，再说，这是你的一亩三分地，我不便问，也不能问，现在强调依法办事，我更不应该问。我只是从维稳的角度来看待田阿狗事件。"

汤启明很困难地表达自己的意思，努力不使冯海泉觉得自己踩过了线，还没有说完，冯海泉哈哈地笑起来，说："汤局，你跟我绕啥弯子，我明白，你是想问这件事怎么处理，是吧，那你的意思呢？"

汤启明没有想到冯海泉把球踢了回来，想了想说："这件事很难办，田阿狗纵火未遂，这对号上了刑法条款，可是看看这个人的具体情况确实也很可怜，兔子急了还咬人呢，干活不给钱，这不是明摆着欺负人嘛。再说，还有这么多同情田阿狗的民工，这个芋头很烫手呀！"

冯海泉沉默会儿，说："汤局，道理我懂，人心都是肉长的，谁都有爹娘，谁都要养家糊口，这件事如果犯在我身上，我也不会忍气吞声。可我现在穿的是警服，头上戴的是国徽，只能公事公办。实不相瞒，田阿狗昨天下午就刑拘了，已经生效了。"

汤启明说："这么快？"

冯海泉说："田阿狗的情况很明确，没有什么遮遮掩掩的，能不快？不像有些贪官扑朔离迷的，半年也定不下来。依我看，这件事你直接找蒋书记反映，现在是书记负全责，再说他还是公安局第一政委呢，他不开口，谁也没辙。"

汤启明当然明白，现在是大数据时代，这里一签字，省、市公安机关同步立案生效，不留任何其他操作空间。他内心虽然同情田阿狗，但真要为此事出头露面地去找书记谈，他还没有这个勇气。正在沉吟间，话筒那边传来冯海泉咯咯的笑声："汤局，我倒有个主意，你看行不行？全县马上要开展信访矛盾大化解行动，县维稳领导小组也要开会研究，如何全力排查矛盾隐患，你就让那个沈大为写封群众来信，在开会时让大家传阅一下，领导不就知道了吗？"

汤启明眼睛一亮，对呀，书记是维稳领导小组组长，县长是第一副组长，信这么一传阅，他们就是不知道也知道了。这冯海泉也真能瞎摆和，想出这么一个不露声色的鬼点子。他正要回答，冯海泉已经把电话挂了。

十七

刘建新觉得自己真是倒了血霉，心里想："夏秋雁肚子里的孩子又不是我的种，凭什么要我出钱送她去住院？"

田阿狗被拘留后，夏秋雁去看望了两次，见田阿狗换了黄色马甲，行动虽不自由，可精神状态要比在厂里干活时还好些，心里宽慰不少。可她关心则乱，不免动了胎气。镇派出所立刻商议，夏秋雁已经不单单是个孕妇，作为田阿狗的老婆，那是政治问题，决不能出半点差错，必须立刻送医院待产。派出所没有这笔专项经费，于是就想到了刘建新。

张国华脸色带着笑意，语气却非常坚决，没有丝毫的商量余地。

"刘老板，你预制场的民工大闹跃进木业公司，你是法人代表，你是有责任的。现在，如果夏秋雁再出点问题，我看你怎么向社会交代。我们是给你一个立功机会，说明你在其中做了不少工作，发挥了正能量的作用。不就是花几个小钱吗，你放心，以后不会让你吃亏的。就你这模样比猴儿还精，吃亏的事儿你能干？"

刘建新心里憋气，却赔着笑脸一个劲地点头，就像公鸡在啄米，他知道，自己的笑肯定比哭还要难看。回到家里，李美丽见他气色不好，以为他胃气病犯了，问他要不要吃药。刘建新把台一拍，将事情讲了，气呼呼地说:"我已经倒霉,你还来触我霉头,我生病,你开心是不是?"

一语未完,就听得"啪"的一声,一杯水泼在后脑勺,回头一看,是刘福祥手里拿个杯子,连忙问:"爸,你这是干啥?"

"干啥?让你脑子清醒清醒,外面受了气,回到家里跟美丽发火,你算什么男人。"刘福祥的眼睛瞪得比牛眼还大,低沉地说,"不就是花你几个钱吗,那是积德行善的事,总比搞歪门邪道好。别忘了,我们也是农民,穿了几天开档服,挺个猪肚就以为自己是城里人?"

刘福祥把西服叫作"开档服"。刘建新见老爸生气,连忙说:"我这不是在考虑让谁和我去送夏秋雁住院嘛。"

刘福祥说:"这事还考虑?就让许建国去,她妹妹许幼萍不是在人民医院妇产科当护士吗?"

刘建新摇摇头,说:"老许不肯去。"

刘福祥一愣,这年头还真有不听话的民工?他还没有转过脑子,就听得李美丽说:"老许不愿去,我和你去,我是个女的,陪秋雁也方便些。"哪知刘建新把眼一瞪,说:"你去干吗,已经讲好了,让万鲜花一块去。她呢也顺便去看看在城里读书的儿子。"

第二天上午,刘建新特地叫了辆红色的出租车,万鲜花扶着臃肿的夏秋雁挪进了车厢。出租车一会儿就到了天宁路和霞光路交错的十字路口,转个弯,稳稳当当地在医院大楼前停下。刘建新正在付打的费,就听到一个女子的声音:"老刘,怎么这会儿才到?"

大楼前站着一个护士,身材中等,脸圆圆的,由于戴了口罩,只露出两只大眼睛。她接过万鲜花手里的网兜,热情地说:"不用挂号,先去住院部,床位我都落实了,先扶秋雁妹妹进去休息,我们再来办手续。"

夏秋雁被安排在7楼16床,靠窗,光线很明亮,刘建新立刻用手机拍了照片,传给了张国华,这样做倒不是为了表功,而是告诉对方,夏秋雁已经住院,万一再出差错,责任不在自己了。万鲜花见夏秋雁的事情办妥了，说："刘老板，我先走了。"

"鲜花姐，你进城一趟不容易，中午我们一起吃个便饭吧。"

万鲜花早就风闻许幼萍和刘建新之间有点黏糊，哪里肯多待一分钟，连忙说："下次吧，幼萍妹妹，我还要去学校看儿子，这时候他正好下课。下午我自己坐公交车回去了，很方便的。"

万鲜花忙乱地走了。许幼萍为夏秋雁填写各种住院表格，刘建新站在一旁看，这时，一个衣着朴素的中年妇人走过来搭讪，说她是从贵州来的，问问要不要护工。许幼萍瞥了一眼，说："我以前好像没有见过你？"那中年妇人点点头，说："我原先在中医院外科当护理，那病人昨天出院了，没有新病人，我今天到这里来问问，有没有人需要护理。"许幼萍问："这事老张晓得吗？"那中年妇人摇摇头，说："我还没有见到他。"许幼萍变了脸色，冷淡地说："你先去护理台登记，留下联系电话，有需要时我们会通知你的。"那中年妇人一脸尴尬，默默地点头走了。刘建新见那中年妇人干净利落，原想让她护理，见许幼萍阻拦，心中虽然诧异也不便多问。这时送饭车推过来了，护工帮夏秋雁打了饭菜。许幼萍说："该吃饭了，我们去食堂。"

两人下了电梯，没有去食堂，而是拐个弯走进医院西侧的一条狭长的弄堂，那弄堂叫陈家埭，里面有医院职工宿舍，许幼萍就住6单元302室。进了屋，许幼萍刚关上门，刘建新就从身后抱住了她。

许幼萍在家乡读完省护士学校，没有找到工作，抱着碰碰运气的心态，来到武水镇投奔哥哥许建国，看看能否做个护士。许建国哪有这个能力，就去恳求老板帮忙。刘建新认得几个医生，经过几次碰杯，使许幼萍顺利地进了人民医院，还分到一个小套。许幼萍对刘建新很感激，在交往中又不知不觉地产生了幻想。她自知自己是外来人，想在武水镇找个如意郎君也很困难，又见刘建新和李美丽鸡鸭不和，便萌生委身相许的念头。刘建新也喜欢许幼萍的善解人意，于是一来二往两人就黏上了。后来许幼萍见刘建新不打算离婚也不气恼，心想这年头丁客也多得是，自己又不想要小孩，只要开心自由，何必在乎虚名呢。所以，她年近三十依旧待字闺中，倒是刘建新有些过意不去，私底下劝了几趟，说再也不能耽误对方的青春了，可每次都被许幼萍翻动白眼挡了回来。

"想吃点啥？我来做。"

"面条吧，我就喜欢你做的鸡蛋挂面。"

面条一会儿做好了。两人对坐着慢慢地吃。刘建新问："幼萍，让那个女的护理夏秋雁不是蛮好吗，你为啥要撵她走？"

许幼萍无所谓地笑着说："那女的坏了我们的规矩。"

刘建新眨眨眼，问："规矩，做个护工还有规矩？"

许幼萍笑了，揶揄说："哪个行当都有规矩。你是做老板的，怎么连这个也不明白，亏你还在道上混，市面比我还不清。"

许幼萍告诉说，在医院里，由女性民工为主体组成的护工也是分地域的，都有自己的"地盘"，每一个楼层有一个男性的头儿，刚才提到的老张就是妇产科楼层的头。想干活的阿姨必须先找到老张报名，老张再将她们介绍给具体病人，并且向护工阿姨收取百分之十的介绍费，这介绍费一直要收到那个护工阿姨离开为止。

刘建新大吃一惊，说："百分之十……这也太狠了。如果我是护工，我就不给。"

"不给？你试试看，不把你撵走？"

"这些……你们也不管？"

许幼萍冷笑一声："管？谁来管，谁又敢管？这年份能在这里混的，有几个没背景？没背景能干得稳稳当当？"

"你们护士也有好处吧？"

"话不能那么说，不过逢年过节，一张水果券还是有的。你别这么斜眼瞧我，反正农民工到哪里都捞不到好。"

刘建新自我揶揄，说："我哪敢斜眼瞧你，在你面前我是毕恭毕敬都来不及呀，我就是觉得有些那个。"

许幼萍说："有些哪个，啥？说！"

"有些滑稽，这不是忘本吗？你别生气，就当我是胡说八道。"

许幼萍斜着眼，说："看不出来，你这么多花花肠子，还有几根没坏的，还能想到我们农民工的利益？行呀。"

刘建新叹口气，说："我哪里是……我是担心遭报应呀。幼萍，实话告诉你，这些日子我经常做噩梦，那些民工刚才还是笑嘻嘻的，说翻脸就翻脸，这么粗的铁棒劈头砸下来，我都吓醒几回了，浑身冒汗像是从河里捞上来的。你别笑我，真的，我都梦见几回了。"

"别说了，自己吓自己，神经病。吃面，再不吃就坨了。"

吃完面条，许幼萍洗了锅碗，墙上的时钟还不到十二点，刘建新像捧水泥袋似的迫不及待地把许幼萍抱上床。许幼萍也是旷渴久了，两人着力恩爱缠绵一番。完事以后，许幼萍洗身穿衣，看着气喘未平的刘建新，说："我还要去值班，你再躺会儿，走时把门锁好。"

刘建新迷迷糊糊地又睡了会儿，看看时针快两点半才穿衣起身，临出门时，他忽然从口袋里掏出张购物卡，塞进枕头旁的一本护理书里，下意识地揉揉下腹部，出了房间。

刘建新来到中山路上，这是县城最热闹的大街。在中山西路的嘉德高级中学大门前，女儿刘晓宁早就等候在香樟树下。这是个身材高挑、容颜秀丽的姑娘，从父亲手里接过生活费，快速数了数放进上衣口袋。刘建新又摸口袋，突然想到那张购物卡刚才已经留给许幼萍。他正想告诉女儿，给张老师的卡下次再补，就听得女儿拍自己肩膀，兴高采烈地说："老爸，你真行，同学们都在夸你呢。"

刘建新一脸茫然。刘晓宁说："老爸，你还不知道？网上在传田阿狗照片，都点赞你为民工办实事呢！"

刘建新顿时傻了，他明白自己踩了"维稳"这颗地雷，再也无法置身于事外了。

十八

　　县委大院五楼东梯的一号会议室门紧掩着，伴着从过道窗户泻进的几片阳光，偶尔可见从门缝里飘出<u>丝丝</u>蓝色的烟雾。县维稳领导小组成员会议在沉闷的空气中进行，专题讨论田阿狗事件的后续影响。

　　"这件事情的性质很严重，也很恶劣，不仅仅全面否定了我县的维稳努力和成果，也给我们党和政府的形象抹黑。所以，这件事情必须一查到底，决不能姑息宁人。对闹事的民工要追究，必要时可以遣返，至少我们嘉德县不欢迎这些人。对事件背后的人更要深挖，一个也不能放过。"说话的是一个中年人，中等偏瘦的身材，穿着一件米黄色的夹克衫，一副厚厚的镜片后而闪烁出丝丝亮光，看着沉默不语的众人，大声地说："电视台那个王永昌要严肃处理，什么政治立场，无组织、无纪律，谁给了他这么大的权力？现在网上一片同情田阿狗的呼声，其实是在打我们县委、县政府的脸。同志们，在大是大非面前，我们共产党人不能和稀泥，对倾向性问题必须一抓到底。陆台长，那个王永昌现在怎么样？"

　　陆台长叫陆俭明，是嘉德广电总台台长，四十出头，面孔削瘦，文弱儒雅。看着盛怒的政法委书记周涯，他谨慎地说："周书记，王永昌已经停职，台里准备让他做进一步检查。"

"停职? 换一个岗位, 这就是停职? 还在欺骗县委。"周涯冷笑一声, 用手指敲敲桌面, 说, "我看你这个台长离右不到五里地了。"

陆俭明脸色苍白, 低头没有说话, 拿起杯子喝了一大口水, 没有想到水是刚添的, 烫得他"哇"地一口全部吐出, 又不停地猛烈咳嗽起来。

"陆台长, 如果人不舒服, 你就先回台里去吧。会议有啥决定, 我会向你传达的。"

说话的是县委常委、宣传部部长陈苏, 她是前不久从市里下派的干部, 三十出头, 长得眉清目秀, 还扎了两条小辫, 更显得小巧玲珑。她脸色平和, 心里却有些不快。广电台属宣传口, 由她分管, 政法委书记指斥陆俭明, 即使不是否定自己的工作, 也是动了自己的"奶酪"。她看看左右故意笑了笑, 说: "陆台长为了执行县委维稳指示, 这三天来一直在台里值班, 连家里都没有回过, 可能有些疲倦了。"

周涯看着陆俭明合拢笔记本, 拿着茶杯走出办公室, 棱角分明的瘦脸上露出一丝恼怒。在会议之前, 他和县长陈德龙交换过意见, 认为在处理田阿狗问题上, 蒋建良过于软弱。他看出陈德龙在这件事情上沉默不语的私心, 既然现在强调书记负责制, 那么就让他去负全责吧。将来上级一旦追责, 书记也是要负全责的, 那他这个县长, 又是县委第一副书记, 自然是县委书记的不二人选。周涯想到自己也是正处级干部, 完全有可能成为县长的人选。于是, 他想借批评陆俭明扩大事态, 既不露痕迹地向陈德龙传递信息, 又想看看其他人的反应, 没有想到被陈苏轻轻地化解了。他正要说话, 忽见陈德龙的眼光有意无意地瞥他一眼, 心里不由得一震, 暗想陈苏年纪轻轻就当了常委部长, 又是市里下派的, 谁知道有啥背景呢? 于是, 他把想说的话又强咽了回去。

会议又一次陷入沉默。蒋建良皱皱眉头, 他明白, 如果自己这个书记不给会议定调子, 别人是不会开口的。想到这里, 他喝了口水,又慢慢地将保温杯放在桌上。

"刚才，信访局的启明同志已经把情况都介绍了，那封群众来信也传阅了，民工中蕴藏的情绪，值得引起我们的严重关切，谁也不可以掉以轻心，也决不能掉以轻心，否则我们将会犯历史性的大错误。这次，公安部门的同志在现场坚决果断地处理了田阿狗纵火未遂案，避免了恶性重大事件的发生，这说明我们公安队伍的业务素质是过硬的，政治素质也是一流的，县委是满意的。一民，"蒋建良亲切地叫着坐在左侧的公安局长武一民，说，"我看那个叫张国华的民警就很不错，关键时刻敢于大胆出手，控制事态进一步发展，这样的民警要表扬要记功，也要敢于提拔。不要墨守成规嘛。"

周涯的脸上像被抽了一下，顿觉火辣辣的。武一民虽然是县委常委、公安局长，但在政法委里却是个副的。如今，县委书记表扬的话是对政法委副书记讲的，而不是对自己这个书记讲的，真是情何以堪！他十个手指相插用力搅动，极力克制不满的情绪，没有说话。

蒋建良没有理睬，停顿会儿，说："我们看问题要用二分法，处理不当，好事会变坏事，处理正确，坏事就有可能向好的一面转化。应该看到，田阿狗事件不是好事，是坏事，但是，在县委、县府的正确引导下，正在向好的方向转化。一些企业主也能顾全大局，协助政府做调解工作，我听说有个叫刘建新的小老板还自费将田阿狗的老婆送去住院，这很好嘛，这样的事例要宣传，要表扬。报纸、电视、广播一定要加强正面宣传，网信办也要严格管控，决不能让那些不负责任的流言蜚语满天飞。"

在书记的引导下，会议气氛又开始活跃起来，讨论的中心渐渐地集中到民工被欠薪上来。其实大家都心知肚明，问题并不复杂，看起来欠薪企业遍布全县，其实是狗打连环，源头就一家。作为巨无霸的康泰公司将全县几十家企业拖进了欠薪的泥淖，要解套也很简单，就是让农民工拿到被拖欠的工资。但政府哪来那么多的真金白银呢？

蒋建良听着大家的议论，也感到头疼。他心里清楚，农民工被大量欠薪，其实是在为政府部门前期决策失误买单。在农民工进城务工的过程中，政府的决策缺乏前瞻性，只是走一步看一步。引进康泰公司的初衷，原本是想做大做强区域经济这块蛋糕，但也不排除有领导打招呼的因素，就在昨天晚上还有领导打来电话，让他多关注康泰公司的资金流。他清楚欠薪是怎样形成的，可这个想法他只能埋藏在心底。

　　他最担心的还不是康泰，康泰贸易大楼是耸立在嘉德大地上的庞然大物，这是固定资产，谁也搬不走。他最担心的是"四欠"的连锁反应。如今企业欠银行，企业之间相互担保，企业借贷担保公司和企业民间高利贷早就不是什么秘密，万一某个老板跑路，资金链中断，欠薪事件将会遍地开花。他看看左侧的县长陈德龙，这位四十二岁的县长依旧是一副沉稳的神态，饶有兴趣地听着大家的议论，完全没有想发言的表示，不由得在心中闪过了一丝失望。

　　会议前，他和陈德龙交换过意见，是否可以采取些强硬措施，尽快让老板发工钱，以减轻社会震荡的压力，但陈德龙很坦率地表示不妥。虽然陈德龙使用了委婉的语言，蒋建良还是听出了弦外之音。陈德龙认为，要发展、要维稳，还是要依靠企业主，再说经济不发展，民工找不到工作，失去经济来源，社会稳定就是一句空话。现在，政府、老板和民工是命运共同体，当务之急是政府应该帮助企业渡过难关，尽可能地对民工做安抚、劝说工作，而不是对企业主采取强硬态度。蒋建良暗暗吃惊，但没有多说。其实他也知道，没有钱很难维稳。现在政府帮助民工讨薪，维稳成分居多，否则，讨薪早该制度化了。他内心也有自己的想法，现在县里总的局面还是平稳的，无论老板还是民工都不能出事，否则一旦引发群体性事件，领导就得下台，而维稳是一个很长的历史阶段，不能由领导个人来承担历史责任。他已经五十二岁，上升空间不大，只要届内平稳，退下来时一个副厅待遇肯定是有的，所以就没有坚持自己的意见。墙壁上挂着横幅：维护农民工的合法权益，促进社会和谐稳定发展，他认为这横幅的内容，很能反映当前的实际情况，前者是手段，后者是目的。

想到这里，他不再沉默，用手指敲敲桌面，用一种不容置疑的语气说："情况大家都清楚了，我再简单说几句。工作要靠大家去做，每个部门要各司其职，哪个部门出了差错，或者认为没能力解决问题，就把辞职报告交给我。我强调一句，权力不是能力，权力只能交给有能力的同志去办事，去解决问题。另外，县委决定成立指导小组，由县长陈德龙同志任组长，全面负责解决民工工资拖欠的问题。"

会议"嗡"的一声像开了锅似的。这时，有人提出，现在有些外地民工违法开黑车，成群结伙地占据了高铁站广场，还不让本地出租车靠近载客，群众对这黑车问题很有意见。不等说完，蒋建良不耐烦地摆摆手，说："黑车问题今天不讨论，一民同志，这事由你牵头，先拿出一个初步解决方案，我们下次再议。散会。"

陈德龙还没有回过神，就听蒋建良说："德龙同志，你来我办公室，具体情况我们仔细再议一下。"

十九

　　陈德龙烦恼地看着眼前这些伸手向自己要政策、要贷款的企业家，心底有一股火似的"腾腾"地想往上窜，他觉得自己像掉进了泥潭的牛，不知道这股劲该往何处使。

　　会议桌呈长方形，摆放得很有趣，中间是县长陈德龙，左边长长一溜的是企业家，另一边是银行行长和几个经济部门的头头。听着企业家们的各种抱怨和指责，陈德龙脸沉似水一语不言。

　　他是个雷厉风行的人，在县维稳会议第二天下午就召开了全县民营企业家代表座谈会。为了确保到会率，会议地点特地设在了县人民银行的三楼小会议室，这里是全县的金融中心。他原以为自己讲话以后，那些企业家会讨论自己提出的还薪方案。没想到，几乎所有的企业家都是连声叫苦。他们不敢批评政府，但不约而同地把锋芒指向了银行，指责银行不肯放贷，将他们逼入了绝境。还有的企业家诉苦说，前一段时间，他们积极响应政府号召，把精力、资金都投在了创业板、新三板上，没想到银行一下子收紧银根。现在他们被吊在半空中，上不去又下不来，实指望政府帮助解困，谁又想到政府也会半空抽梯呢？还有的企业家抱怨说，原以为今天是政府组织银行商量放贷，没想到是向他们逼债，早知道是这样的内容，就不来参加座谈会了。

支永孚嘴角叼了支中华烟，神色沮丧地坐在左边第三个椅子上，这位三十七岁的康泰贸易公司嘉德办事处主任看看对面脸色漠然的姜燕翔，白净的眼睑下意识地抖动，在心底迸出一句粗话："一群浑蛋！"

昨天下午，他又一次去了建设银行，好不容易才见到行长姜燕翔，开门见山地提出以大楼为抵押，要求贷款三个亿。他还没有从皮包里拿出各种文书，姜燕翔就笑眯眯地摇摇头，让他不要再往下说了。

姜燕翔是个身材颀长的中年人。他同情地看着固执的支永孚，以不容分辩的语气解释，现在上面银根卡得很紧，贷款必须要有新项目批文，要有可行性评估报告，还要有抵押凭证。贷款必须专用，不能流向其他领域，尤其不能炒地皮。他十分了解康泰资金的流动情况，也同情康泰目前财务窘迫的处境，但是，对照上级有关规定，康泰贸易确实不符合贷款条例，尤其是康泰贸易嘉德办事处不具备行使贷款权的法人地位，所以，他实在是爱莫能助。

支永孚看着姜燕翔喋喋不休的胖脸，真想挥拳打过去。四年前他趾高气扬地刚到嘉德县时，人们都把自己当成救世主，姜燕翔也主动提出向他放贷，如今资金链断了，这些信誓旦旦的官员也都躲得远远的了。他是个金钱拜物教者，坚定地认为在市场经济条件下，资本的力量可以冲破一切障碍，包括原先被认为是神圣而不可侵犯的所有事物。现在他开始认输了，意识到资本不是万能的，必须依附权力才会闪烁发光。他只得打电话四处求助，因为康泰的施工摊子已经全面铺开，没有四个亿的贷款很难周转。

陈德龙很显然注意到了支永孚的脸色，但没有放在心上。让支永孚参加今天的座谈会，只是想让他感受到县里的愤怒，并且让他把县里愤怒的情绪传达出去，原本就不打算让他吐苦水。在引进康泰时，陈德龙还没有到嘉德任职，所以心态比较超脱，再说支永孚也不是什么大角色。从宏观讲，他仅仅是康泰集团的一个项目部经理，真正呼风唤雨的是他背后那个遥控指挥的董事长。打了小孩，大人自然就会出面。他最关心的是银行行长们的态度，只有这些金融头目肯放血，民工的欠薪才有了兜底保障，他才能够平息全县性的民工讨薪风潮。他看看坐在右边的人民银行行长沈威，说："沈行长，你说几句吧。"

沈威点点头，翻开桌上的一个红色封面的大笔记本，不慌不忙地看看大家，先是慢慢地念了一大串数据，然后环顾左右说："大家都听清楚了吧，今年银行的放贷规模和力度是空前的，一到四月份的贷款额度，已经达到去年全年的百分之七十三，这是历年来都没有过的。可是为什么大家还是会觉得钱不够花呢，这主要是企业家自身无序扩张的行为造成的，还有些企业将资金挪移于房地产开发，结果呢资金被套住，反而把本业给耽误了，银行系统在监管中还发现，我县有大量资金参与了外地大型房产团购……"

陈德龙听到这里，不耐烦地用手指敲敲桌面，说："沈行长，这些情况县里都掌握。县政府对银行在工作上的支持表示感谢。但现在当务之急是怎样解决企业的资金难问题，还是请各位行长多想想办法。不是有句口号吗，不为困难找理由，要为发展鼓干劲嘛。"

陈德龙发话了。可行长们并没有把县长放在眼里，因为他们是省、市行垂直管辖的，县长管不到县行行长，不像三十年前银行是归地方、上级行双重领导，地方政府对行长任命有相当的"建议权"，只能被政府逼着"拼盘"放贷。体制今非昔比，行长们的腰杆自然也硬了起来。沈威附身过去，压低声音说："陈县长，现在企业要贷款，除非有新的土地指标，是不是请倪局通融一下，到省里去搞些土地指标？"

瘦瘦长长的县土管局局长倪克山没有想到沈威会把球踢给了自己，一时感到很为难。他清楚，县里违规使用土地情况已经很严重，不但上了省局的通报，而且国家遥感卫星也瞄准了嘉德县。在这种大环境下，再去向省局要些土地指标，真有点异想天开的味道。但他又必须回答这个问题。他想了想，故意避开企业家们投过来的目光，侧过脸，说："沈行长，从全县情况看，企业内部挖掘土地潜力还有很大的空间。前几年，省政府提出'腾笼换鸟'，许多企业到现在都没有达到'亩均产值'的指标，这里面大有潜力可挖。就拿康泰贸易公司来说，现有的土地指标还有存量，信贷指标已经用完，如果再批土地，这是'骗贷'行为呀，你总不能让我去犯错误吧。"

"既然不能给我们土地，那政府在税收方面总可以让些利吧，我们是鱼，你们多放些水，把我们养大，将来税收也可以多收些，这是双赢的好事呀……"

企业家纷纷说着自己的意见，听得陈德龙七窍冒烟。他用抽烟来控制自己的愤怒，心里却在不断地骂娘。他发现在坐的没有一个是省油的灯，行长们谈笑风生却言不及义。尽管自己在会前已经使出了撒手锏，暗示政府准备大力引进商业银行，以缓解企业贷款难，但行长们依旧无动于衷。行长们都清楚，引进商业银行也需要时间，即使政府引进商业银行，除了资本金投入外，还是要依靠当地收储来生存，而四大国有银行就像威武雄壮的四大天王，只听命于人民银行，所以，地方性商业银行是根本无法撼动四大国有银行庞大的根基的。而企业家干脆要求政策性让利，这其实是把手伸进了政府的钱袋子，说穿了就是要挤兑县长手里那点少得可怜的自由支配资金。他想到自己是维稳主要责任人，很后悔不该来参加今天这样的会议。如果让分管县长参加，就有了充分的回旋余地，自己也有了思考问题的时间，而现在被众人逼到了墙角，如果拿不出解决问题的办法，会被人轻视，一旦传言出去亦是颜面扫地，但要真正解决问题，又谈何容易？他想到了蒋建良的"干部存在的价值是解决问题，决不能让干部自身成为问题"的口头禅，心里闪过一丝复杂的感情。他是个颇为自负的人，平时对书记虽然非常恭顺，可在内心却存有几分轻视，认为蒋建良老气横秋，没有魄力，遇到问题办法不多，就会说"研究研究"这类的官话，现在他却觉得这类官话的实用和可贵了。

想到这里，他在心里嘀咕了一句："这条老狐狸……"

他正烦恼时，手机在桌面上震动，拿起一看是一条短信：我在门口等你，沈威。他抬起头，发现不知什么时候，沈威不在了，连啥时候溜出去的都没有注意。

二十

　　陈德龙有些恼火，这不是行长在指挥县长吗？你人民银行的行长权力再大，到县里也只是个正科级干部。他虽然这么想，还是立刻站起来，毕竟现在钱袋子掌握在沈威手里。

　　沈威人瘦瘦的，站在走廊上的窗户旁，犹如一副竹竿，正好撑开了雅戈尔西服，使他有了魔鬼般的身材。他眼睛细小，戴着一副变色眼镜，还没有说话就显得笑容满面，见陈德龙出来，连忙迎上前去，用非常诚恳的语气说："陈县长，我知道你有难处，可这些行长也有说不出的苦衷呀，并不是想和你打太极，我们都在你的地盘上，能不为当地经济发展服务吗？再说，地方经济发展了，老百姓的收入增加，这存款也会上升，这不仅仅是双赢，是多赢。"

　　陈德龙耐着性子听沈威的叙述，没有说话，他明白，沈威这样说，肯定有后招。

　　"陈县长，我们真的不是怠工，我们也没有这个胆量。我向你透个底，为了防控金融风险，中央对金融管理非常严格，行长权限不比过去，县级行长也就是个高级办事员，所有贷款项目都要去市行审批，稍微大一点的项目贷要到省行，甚至报总行审批，市行的审批权限也大大压减，超过五千万的项目，就要报省行审批，还要附上项目立项文书，实在是今非昔比呀。"

陈德龙终于忍耐不住，冷冷地说："你叫我出来，就是听你诉苦？"

"哪能呢，我这不是在想办法嘛。"沈威是一个精于计算的明白人，懂得山不转水转的道理，两座山到不了一起，两条河也许在某个时间、某个地点能够交汇，譬如说地震，又譬如说兴修水利。今天陈德龙是管不到自己，不等于永远管不到自己，所以，县长还是不能得罪的。他笑着说："刚才我想到了一个办法，请，我到办公室里向你汇报。"

行长办公室朝南，很宽敞很气派，橱柜里除了书，最显眼的有一个名贵的红木托，上面托起一柄弯弯的黑色的仿鲨鱼皮鞘的短刀。西墙上有一个镜框，镜框内墨迹飞舞：尽道隋亡为此河，至今千里赖通波。若无水殿龙舟事，共论禹功不较多。这是晚唐皮日休的《汴河怀古》诗，陈德龙以前也读过，可现在看了，不知为什么心中忽然觉得异样，下意识地点了点头，说："这字不俗，写得颇有风骨。"

沈威说："这是我请省里的一位书法名家写的。他还对我说，隋炀帝在历史上名声不好，说他吃喝玩乐看琼花，都是受了这条大运河的累。可是如果当初不是隋炀帝坚持修这条大运河，今天哪里会有沟通中华南北的黄金水道，最起码盛唐气象有一半是建立在大运河的航运上的。这就叫东家面，西家磨，做好馒头，送给对面的赵大哥。所以，王夫之说过，炀帝之举，可谓不仁而有功矣。"

陈德龙听了心中一动，总觉得沈威是有所指，他正琢磨，沈威已经将碧螺春泡好，就回到座位上，看着胸有成竹的沈威。

"陈县长，企业欠薪，主要就是欠农民工的钱。农民工的钱不能不给，但也不可能全部支付，能发安慰奖就不错了。为啥？企业没这个实力，政府没这笔预算，银行也没有这个能力。这是个历史性课题。我们这个年代的政府注定是要被现代人埋怨的，无论你怎么样努力，怎么样为人民服务，也不会少挨骂，这在国外是个什么陷阱？哦，好像叫'塔西佗'。不是贪官，也是贪官，不是懒政，也是懒政，反正是洪洞县里无好人，但是在历史的长河里，我们这一代人是不会留下骂名的，因为我们这一代人辛辛苦苦地做了几代人的事情，完成了历史性的大变革。矛盾为什么多？归根结底一句话，还是发展太快了，如果没有农民工进城，或者只有少量农民工进城，而不是铺天盖地地进城，你说会形成欠薪风潮吗？"

陈德龙惊讶地看着侃侃而谈的沈威，仿佛有些不认得这位人民银行行长似的。他知道沈威是财经专业毕业，没想到对历史也能说出个道道来。他想，像这样的人才应该进政策研究室，否则还真是可惜了。

沈威显然也注意到县长的神态，渐渐地收敛笑容，又显出一副沉思的模样，说："陈县长，银行有责任维护地方的社会稳定。我做过调查，也做过量化分析，现在，嘉德县内企业缺资金情况非常普遍，银行根本无法满足，只能有重点地解决部分。事先我们几个行长也讨论过了，现在欠薪矛盾的焦点集中在康泰贸易，康泰贸易不仅仅自身的欠贷情况非常严重，而且还拖累了几十家企业，涉及到一万三千七百多民工的工钱，这很容易形成群体性事件。刚才我向省行请示，省行有了明确指示。"

陈德龙不动声色地问："省行领导是什么意见？"

沈威看着陈德龙的脸色，说："由我们人民银行出面协调，组织每个银行出资三千万到五千万，形成一个大拼盘，贷给康泰，帮助康泰解决燃眉之急，但是要防止康泰公司将这笔贷款移作他用。所以，省行领导专门交代，对康泰公司采取转移支付的办法，贷款仅仅在账面上过一下，实际不到账，政府成立工作组，通知各欠薪企业上报农民工名单，由政府部门监管，按比例将工钱直接发到农民工手里。康泰公司和其他企业之间的债务怎么了结，是他们内部的事情，我们不过问。至于那些老板诉苦没钱，我们也管不了。现在，我们只能顾民工这一头。你看怎么样？"

陈德龙在心里盘算，按照沈威的说法，这笔贷款在两个亿左右，还是不能付清民工的全部欠薪呀。他正想着，就听沈威意味深长地说："陈县长，为了大运河，隋炀帝承担了千古骂名，我们的邻国为了发展，也牺牲了整整一代人。圣人不仁，以万物为刍狗。指的就是这种情况。改革开放本身就是利益调整，不可能没有人做出牺牲呀。按照一般的历史逻辑，站在风口浪尖的最大群体，也必然是奉献最多的群体。他们在现实生活中也许是得不偿失，但是在历史的评价中肯定会得到补偿，会得到褒奖的。就像当初那些上山下乡的知识青年，那时多么艰苦，可现在呢，却成了一段青春无悔的光荣岁月。很多事情，只有立场，没有对错。所以我要说，现在你陈县长能代表政府来解决欠薪问题，已经是给农民工带来了最大的福音。"

陈德龙豁然一惊，后背上有些发黏，可又细细一想，沈威的话听起来很出格，但也很实在。他也清楚，现在老板和民工是矛盾体的两大方面，谁也不能得罪，如果一定要得罪一方，只能得罪老板，不能得罪民工。得罪老板，将来还有机会补偿，而且会受到社会舆论的支持和赞扬；而得罪民工，万一引发群体性事件，领导就得引咎辞职。

他慢慢地喝水，款款地问："给康泰贷款没那么简单吧，条件呢？"

沈威笑了，说："你知道，银行现在是企业化管理，严格控制不良贷款，行长们责无旁贷。所以，根据领导意见，这笔贷款要以嘉德县政府的财政作担保，请你务必理解银行的苦衷。其实，我们银行的日子也不好过。你可能知道，前不久我们的邻县有一家企业倒闭，老板卷了三个亿跑路，当地行长被追究了责任。我们也睡不着呀！你看看，我头顶上还剩几根头发？"

陈德龙虽然早有思想准备，可听了还是很不高兴。不等沈威说完，他拿出手机，拨通了县委书记的电话……

二十一

张国华近来的心情格外的郁闷，他发觉周围人看自己的眼光有点怪异，但想不出自己究竟哪里出了差错。

经过政府的艰辛努力，许多农民工拿到了拖欠已久的工资，尽管只拿到了一半，另一半是白条，但白条上面有老板的签字、企业的图章，还有大红色的乡镇工业办公室的担保公章，他们已经心满意足了。有了白条，还怕不能变现吗？农民工毕竟是淳朴厚道的，看到政府部门出面为自己讨还欠薪，当初的不满与怨气早就丢到了九霄云外……

可是，民工的情绪缓解了，张国华的情绪却很糟糕。企业不景气，不断有民工丢了饭碗，他们除了本人要吃饭，家庭成员也要生存，有小孩的还要读书，这是一笔无法节省的开支，企业裁员和治安压力成了正比。田阿狗从轻判了六个月，没有被押往劳改农场服刑，在嘉德看守所里监督劳动，这本来是经过努力争取到的最好结局，但和民工们的期望还是有差距。

下午，他去了振新水泥厂，告诉刘建新，全市在开展关爱农民工十大先进典型人物评选活动，他已经被推荐为先进典型的候选人，让他准备一份五百字的先进材料，明天中午交到派出所。就在刘建新百般推辞的时候，沈前进等人闯进了办公室，指责张国华言而无信，既然田阿狗被判刑，那么引起肇事的王明龙为啥能逍遥自在呢？说到底，你们公安还是不公，没有对民工、老板一视同仁！张国华怎么解释也没有用，气得他一扭头走了。

最让张国华感到困惑的是职务上的变动。姚新敏突然调任县治安大队教导员。虽然派出所所长和县治安大队教导员从职级上看都是正股级，姚新敏属于平级调动，但从现行体制上说，派出所所长兼任镇党委委员，待遇上挂靠副科级，而教导员仅仅是中层正职，在偏重行政职务的公安队伍里，教导员岗位的分量明显不如所长，况且武水镇还是城关镇，全县的第一大镇。明眼人都清楚，姚新敏其实是被边缘化了。而让张国华感到尴尬和意外的是，接替姚新敏任所长的恰是自己这位第二副所长。按照常规，副所长先要在教导员的岗位上熬几年资格，才有可能在下一轮中具备竞聘所长的资格。现在，没有担任过教导员的他一下子成了所长，在外人看来是破格提拔，这很自然地在干警中引起了不小的议论。

张国华至今还记得政委高永春找自己谈话时的神态。

"小张同志，职务调动是组织上对你的信任。最近你干得不错嘛，尤其在处理突发性事件时表现突出，县主要领导都在会上表扬你了。"高永春是个四十多岁的中年人，肩膀宽厚，一张方正大脸，浓黑的眉毛下是一双含着笑意的眼睛，目不转睛地看着显得局促不安的张国华，用鼓励的语气说："担任所长以后，不要有包袱，不要有畏难情绪，要大胆工作，不要辜负局党委对你的信任，我们都会支持你工作的。当然，不能骄傲，也不许骄傲。你现在是一把手了，要懂得谦虚谨慎，团结同志，在平时工作中更要加强组织纪律性，遇到重大情况，一定要及时请示汇报，在这一点上，新敏同志做得还是不错的，这个同志就是在关键时候有些软呀……"

谈话就这么结束了，张国华听得一头雾水，他实在不明白自己在组织纪律性方面出了什么差错，也不明白自己怎么就骄傲了。他懂得领导的许多话是扑朔迷离的，是不能够用现代汉语语法来解释的，但他又不能明明白白地去问个清楚。

在移交派出所工作时，姚新敏不冷不热地将象征权力的几把钥匙扔在桌上，原本想开个欢送会也没有开成，到了晚上，大多数民警上岗执勤。姚新敏很客气地说："派出所和治安大队都在城关镇，没几步路，又不是千山万水，干吗搞得生离死别似的。"副所长叶国强也说："不吃了。现在上面廉政建设抓得很紧，纪委看得更严，不允许请客吃饭，自己掏钱也不行，这是违反纪律的。张所长，你是不用担心，可弟兄们都不愿意上通报呀。"

叶国强也是省警校毕业，说起来比张国华还高两届，在副所长的排名中在张国华的前面，张国华平时喊他"师兄"。他这么一表态，张国华自然也不好再说啥，只能表示现在先欠着，以后有机会再补偿。其实，他心里也清楚，饭局补偿今后是不太有机会了，昔日的亲密伙伴开始渐行渐远。他心里有些悲哀，他知道人事关系历来是最难处理的，真没有想到，意外的职务提升却让自己成了大伙眼中的"另类"。

嘉德县六月中旬的气候已经很炎热，时钟过了下午六点，太阳还挂在西边的楼顶上，散发着淡黄色的余晖，派出所大楼的屋面上泛起丝丝光华。张国华骑着摩托进了派出所大门，在车棚处数了数交通工具，有一多半人还没有回来。他看了值班记录，没有治安通报。他走进办公室，将头盔扔在桌上，正想打电话给单玉华，手机震动，跳出一条消息：晚上回来吃饭。有事。完全是命令式的，没有商量的余地。张国华想，老婆能有啥大事呢？反正下班了，那就回去吃饭吧。

值班民警恰是汤继平，张国华打了个招呼，骑上摩托车一会儿就到了楼下，将车熄火后上了电梯，推门进去。赵阿姨在给小丽喂饭，岳母在一旁哄着，单玉华说："回来了，快吃饭吧。"

张国华原想先抱抱女儿，见老婆眉宇间有些不快，也不便问，洗完手就吃饭。这时，他听得赵阿姨说："田阿狗真有福气，钱补发了，秋雁还生了个大胖儿子，再过几个月一家人就团聚了，真是死了也不亏。张所长，都说你是活菩萨，没有你哪有田阿狗的好日子。"

张国华笑笑，没有说话，也不知道说啥，他没有想到民工的生活要求会这样低，倒是陈玉珠开口了，说："国华，你是做了件好事。当初幸亏没有出人命，要是将阿狗毙了，夏秋雁的日子怎么过，死了人以后是要写进县志的，我们的政府怎么向历史交待？"

单玉华突然说："向历史交代？妈，你啥时也成了马列主义老太太了？我不希望国华走进历史，一天到晚让人牵肠挂肚。你以为那是好差使，想想那天的事情，我到现在还是头皮发麻呢。"

陈玉珠知道女儿的脾气，从小让自己惯的，婚后又让丈夫宠的，说话没有顾忌。她转脸看着外孙女，说："小宝贝，妈妈不讲道理，我们不理睬她。"

小丽不会表达完整的意思，可听得懂外婆的话，先是使劲地摇摇头，后来又把脸转过去，不肯张嘴吃饭，恨得陈玉珠直咬牙，用手指点点小丽的鼻尖，说："外婆对你再好，你还是向着你妈。你这个小没良心的。"

一番话把大家都惹笑了。

吃完饭，陈玉珠和赵阿姨给小丽洗澡。张国华和单玉华回到房里。

张国华问："你好像不高兴？"

单玉华说："今天下午组织部黄副部长找我谈话，调我去妇联当副主任。"

"这是好事呀，你职务提升，应该高兴。"

单玉华叹口气，说："我能高兴得起来吗？我是机要科科长，又是领导的跟班秘书，职务提升是迟早的事情，这次却让我去了群团组织。黄副部长在谈话时还再三交代：从今以后你就是领导干部了，要严守纪律，不但要管住自己的嘴，还要管住身边的人。真有些把我搞糊涂了。明天开始移交工作，下个星期我要去党校学习了。"

张国华抱住了妻子，心情五味杂陈。他隐隐约约地感到，老婆是受了自己的牵连，职务上了一个台阶，岗位却被边缘化了。

他抚摸妻子的后背，心里也不是滋味，这时，手机响了……

二十二

月色溶溶,挥洒在中山路上,幸福川菜馆内到处是笑声和祝贺声,这欢乐简直快把屋顶掀翻了。

夏秋雁抱着满百天的儿子坐在中间,眼睛里闪烁着激动、幸福的泪水,嘴里不停地说:"谢谢老姚大哥,谢谢沈大哥,谢谢各位嫂子,我夏秋雁今生能遇到你们这些好人,真是前世修来的福分。没有你们的帮忙,我哪里会有今天的开心。我儿子小,还不会说话,将来大了,一定让他认你们做干爹干妈。阿狗,我动不了,你别光顾了傻笑,快站起来给大家磕头,没有大家的帮忙,你今天能有儿子吗?"

田阿狗似乎高兴得有点傻了。在看守所里,经过管教的开导,他也觉得自己犯了傻,明明自己有理,可一捧汽油瓶,自己就什么都错了。他被判了六个月,剩下的刑期不足三个月,按照规定(当然也有政府部门的关照)就没有解押出去,留在看守所里做些杂活,有时得到允许也能上街走动,抽空去看看老婆和儿子,对此他心满意足了。今天下午,看守所的陶所长对他说:"今天是你儿子出生一百天,经过领导批准,同意你回家看望,但必须在晚上九点以前回来,不许喝酒。"没等陶所长把话说完,田阿狗就哭了。

他傻傻地笑,一句话也说不出来。听了老婆的关照,他立刻站起来，正要跪下给大家磕头，被沈前进抱住了。

"阿狗，我们是兄弟，你客气啥，照顾秋雁妹子、照顾你儿子是我们的责任，你这一下跪就把我们当外人了。"

夏秋雁说："老沈大哥，话不能那么说，你是我们的恩人，这个头阿狗能不磕吗？阿狗，给老沈大哥磕头！"

沈前进红着眼睛，说："阿狗，我们民工是人，不能跪。今天高兴，来，喝酒。"

"沈大哥，管教专门交代，今天不许喝酒。下次我一定喝。"

沈前进一愣，拍拍田阿狗的肩膀，哈哈大笑起来，说："好，阿狗，有志气，等你出来那天，我们再好好地喝一通。"

"来，大家别光顾说话，趁热吃，看看我的手艺，够不够大厨师。"姚达军满脸是汗，双手端了个热气腾腾的大盘子钻出灶房，盘中是一条红烧大鲤鱼，在灯光下散发诱人的香气。他放在桌中央，回过身说："阿狗，以后如果再遇到这样的事情，千万要冷静，要相信政府。这次上上下下都费了劲，我听说连县长、书记也出面了，否则你今天怎么能在这里喝酒呢。"

沈前进眉头一皱，心里有点不痛快。他和姚达军不一样，姚达军时时不忘头上的桂冠，总会在必要时为政府说几句好话，也显示自己认得领导消息灵通。而他下午还指责过张国华，说了公安不公的牢骚话，相比之下，姚达军比自己更会做人。他正想着，就听得孔明华问："阿狗，你在看守所里做啥事？"

"也没啥事，里面有一块菜地，我去帮帮忙，有时候也扎扫帚做雨伞。"

"做雨伞？"

"是呀，下雨天不能到外面去干活，就在屋里做雨伞，其实是安装雨伞，什么伞柄、伞布、弹簧都是外面送进来的，我们就坐在屋里安装安装，比在厂里时还轻松些。"

"这雨伞、扫帚能卖得出去吗?"

"不晓得,我们只管做。"

"有定额吗?"

正说到这里,黑妹冲进门,大声叫唤:"不好了,那些小崽子在抢大刀片,吓死人哟!"

沈前进回过脸,说:"黑妹,你又胡诌些啥?哪里来……什么,大刀片子?"

沈前进霍然变色,快步抢出门口,见街上秩序混乱,路人纷纷躲避,有些在远处观看,还有的发出尖叫……月光下,两拨小青年在相互对打,有的拿着木棍,有的拍着砖块,还有的挥舞长长的大刀片子,在月光下闪烁寒光。沈前进再定睛一瞧,不由得吓出一头冷汗,这些都是附近"曙光"民工子弟学校的学生,有几个已经流血了。

沈前进连忙向街心跑过去,回头招呼孔明华:"快,快,把他们拖开,小心出人命!"

武水镇城郊接合部的圩中村聚集了数万外来民工,这些民工分别来自不同的地区,当地政府为了便于管理,采取区域村民自治的方式,使得他们同风同俗同语同音,这固然方便了民工的生活,但也使区域鸿沟较为明显。在"曙光"民工子弟学校里,学生也是按照不同的籍贯分班级。这天下午,两个河南籍的女学生遭到几个贵州籍男同学的追逐和戏弄,激起了河南籍民工子女的愤怒,双方在操场上打架,被老师赶到制止。于是,双方私下约定晚上在中山路上一决高低,其实除了泄愤以外,双方还要确定今后在校园里究竟谁高谁低……

沈前进等人正在劝解,尖厉的警笛响了,闪着红光的110警车呼啸而至,联防队员快速在外围拉起红线,十几个民警飞快穿插,将械斗的学生分割成两拨。

"把刀放下,把铁棒放下,"

"说你呢,把砖头扔了,蹲下!"

"蹲下，都蹲下，把手放在脑后，再不蹲下，我们就不客气了。"

……

张国华气得脸色发青，眼睛里射出凶光，恶狠狠地看着一个额角淌血的小青年，说："老子认得你，姓牛，是吧，你真牛，大刀片子都敢抡到大街上来了，再动一下，老子就毙了你。你以为我不敢？你试试看……"

那个姓牛的学生认得张国华，平时和颜悦色，这会儿变得凶神恶煞，一时吓得说不出话。张国华转过身，朝着其他学生，余怒未消地说："都他妈的给我蹲下，谁不蹲下，我让他试试金馏子的味道。"

这时，社区干部赶到了，学校老师赶来了，一些家长也赶来了。张国华清点一下，有两个被刀劈伤，有几个被砖头拍了，还有几个受伤的，所幸都没有生命危险。一些家长火冒三丈，纷纷搂着自己的孩子，指着对方大骂，要求警察追究对方的责任。场面又差点失控。张国华再也忍耐不住，大声说："吵什么，我看没一只好鸟，现在想到我们警察了，刚才你们都干吗去了，连自己家的孩子都管不住，还有脸在这里闹！"

张国华这一吼把那些家长都惹毛了，没一只好鸟，这打击面也太宽了。张国华没有去理睬这些愤怒的家长，回头看见"曙光"学校的校长杜佑生也挤在人群中，压住心头火气，指着杜佑生大声说："杜校长，现在不是追究责任的时候，你让老师把自己班级的同学领回去，受伤的先去医务室包扎，然后再问问情况，究竟怎么会引起的，是谁带的头，明天下午我到你办公室来凑情况。"

警察小黄说："所长，这些废铜烂铁怎么处理？"

张国华捡起一柄大刀片子看了看，心里清楚这些大刀和铁棒原先是分别装在麻袋里的，两端有螺纹扣，使用时只要将铁棒塞进刀柄里一转，转眼间就成了一柄长刀。也不知道这些小兔崽子是从哪里搞来的，说不定是藏在家里的私货，被这帮小兔崽子偷偷拿出来的。想到这里，他额角冒出了汗珠，咬着牙说："小黄，先全部拿回去，等事情处理完毕，再上报局里统一销毁。"

人群散了，街道又恢复了平静。张国华疲惫地舒展酸痛的身体，正想上警车，扭头见沈前进站在店门口冲自己笑，心中一动，对小黄说："你们先回所里，我再去了解点情况。"

张国华走到沈前进面前，说："老沈大哥，今天亏了你这么一吼，否则还会多伤几个人。"

沈前进说："我能不吼吗，那都是我们民工的子女，打坏了谁都不好，连医药费也付不起呀。"

张国华问："这些小孩怎么会闹起来的，你知道吗？"

沈前进说："哼，这些小兔崽子都是让激素给惹的。"沈前进见张国华一愣，又说："这有啥可奇怪的，小青年争风吃醋，每天打几架也很正常，公狗为争母狗还打架呢。这次就是动静闹得大了些，才惊动了你们警察。"

张国华绝对没有想到沈前进会这么说，他考虑的是在大刀片子背后隐藏的重大治安隐患。见沈前进一副无所谓的神态，知道也问不出啥，就打算离去，这时脑后传来女子的哭泣声。

"老沈大哥，我家兄弟在吗？怎么手机硬是没人接？"

二十三

张国华回过脸,正巧路边灯光闪眼,只看到那女子脸庞的阴影,就听得黑妹惊讶的声音:"这不是爱花姐吗,出啥事了,姚老板在里面哩,快进来。"

百日宴已经散了。黑妹刚将那女子让进屋里,姚达军闻声掀开帘子,见了那女子,脸立刻阴了,说:"是你,有啥事呀?"

那女子哭出声来,说:"你哥在医院里抢救,兄弟,你可不能不管呀。"

姚达军一愣,说:"我哥好好的,怎么会进医院抢救的,被谁打了?"

"没人打他,他出车祸了。"

那女子叫林爱花,是姚达军的嫂子。从林爱花断断续续的哭诉中,姚达军总算听明白是怎么回事。

姚达军的哥哥叫姚永军,是大树制衣有限公司的司机。昨天夜里他开车往邻省的一个县城去送货,在狭窄的盘山路上,对面来了辆大卡车把路堵塞,他倒车让路时,差点滑进山沟,幸亏被一棵大树挡住,车和货物是保住了,但一根树杈顶破玻璃,刺进了他的右胸。"120"将他送进医院重症监护室,现在正等着救命的钱呢!

姚达军脸色铁青,说:"你怎么不去找李金斌?"

林爱花说："那个李老板根本就不是个人，你哥给他保住了卡车和货物，他不但没有一句好话，反而骂他损坏车辆，耽误了送货时间，给了三千块钱，就把他一脚蹬了。"

"叭"的一声，姚达军将手里的碗摔得粉碎，把牙齿咬得咯咯咯地响，气得一句话也说不出。其实，他和哥哥姚永军感情淡薄。当初姚家千里迢迢到武水，政府发放了一笔数额较大的安置费。姚达军提出安置费分成三份，即他一份，哥哥一份，父亲姚善强、母亲陈冰一份，现在父母随他住，这样他可以得两份。姚永军却坚持要一分为二，父母日后如需要费用支出，再由弟兄两人分摊，这个分法是林爱花在暗中出的主意。经过一番吵闹，最后，姚达军让了步，但从此以后弟兄两人极少来往。

姚达军说："那……你找我啥事呢？"

林爱花说："我找你，你认得的领导多，好歹救救你哥，去找找那个李老板，请他发发善心，多给几个钱，到底是一条人命。我一个女的说话没分量……"

"别扯远了，这张信用卡里还有些钱，你快去医院交费，那个李老板，我去找。你有他手机号吗？给我。"

这时，姚达军已经冷静下来，即使弟兄不和也不能袖手旁观，否则一旦传扬开去，自己以后还怎么在社会上混！他和万鲜花打个招呼正要出门，一扭头见张国华站在门口，心里一转，问："张所长，你说这个李金斌该杀不该杀？"

张国华见姚达军脸若冰霜，五官都挪移了位置，心里不由得吃惊。说句实话，刚才他听到李金斌的名字，脑袋也"嗡"的一声，立刻放大了几倍。那是个蒸不烂、煮不熟的无赖，据说三百六十行，他干过三百五十行。嫖娼一夜不惜掷万金，对工人却极其苛刻，在算工钱时要克扣到工人的骨头里，恨不得别人白给他干活。张国华非常厌恶李金斌，但见姚达军这副凶神恶煞的模样，担心他控制不住火气而做出傻事来。他说："老姚大哥，这李金斌该杀不该杀，不是我说了算的，你也别发火，先把事情弄清楚，事情总会解决的。"

姚达军极为反感，心想出事的不是你哥，说话才会这么轻飘飘。他软中有硬地说："张所长，我会依法办事的，如果那浑蛋不讲理，我再和他一般见识。"

姚达军骑了电瓶车，心急火燎地赶到城郊接合部的经济开发区，在淮河路中段找到大树制衣有限公司的铁门，正想入内，被两个黑猫警长拦住了。

"干吗？找谁？"

"找你们李老板。"

"有预约吗？"

"什么预约？多大的官？没有。"

"没有预约？没有预约不能进去，这是公司的规矩。"

"什么破规矩？"

姚达军勃然大怒，眼睛一瞪，伸手推开一个"黑猫警长"就往里闯，这时从传达室里飘出一个声音："不要动手，这不是姚大哥吗，你怎么来公司了？"

姚达军定睛一瞧，借着灯光，认得那人叫朱建新，来自贵州铜仁地区，现在是公司的工会副主席，在一次酒局上认得的。人瘦瘦的，脸色焦黄，长着一对小眼睛。他从口袋里掏出烟盒，先扔两支给保安，挥了挥手，再递一支给姚达军，说："今晚我值班，有啥事和我说。"

"我找你们李老板。"

朱建新抽口烟，说："是为你哥的事？他不在公司里。"

"他不在？真的？"

"我糊弄你干啥？李老板忙得很，白天忙生产，晚上忙女人，这么晚了谁还会守在这里。"朱建新拉着姚达军的手走到僻静黑暗处，放低声音，说，"你哥的事情我也听说了，怪可怜的，不过……"

"不过啥？"

"我听说，你哥是顶人家的名字在公司里开车的，没有签过用工合同，不算我们公司的员工。你可别说是我讲的。"

"啊？！"

姚达军惊呆了，连朱建新怎么离开的也没注意。他回到家里，万鲜花问他老板什么态度，他没有说话，只是瞪了老婆一眼，吓得万鲜花不敢再问第二句。第二天上午，他又去了大树制衣有限公司，这回那几个黑猫警长的腰杆硬了，为首的说，李老板特地关照，公司没有姚永军这个职工，给他三千块，是出于人道主义考虑，没想到现在他倒讹上门来了。姚达军简直要气炸肺，但看到眼前这四个人手中，两个拿了黑色的警棍，两个举着银色的钢叉，心想光棍不吃眼前亏，反正你是跑得了和尚跑不了庙。他忍住怒气，来到中山路上的武水就业管理处，向他们反映哥哥出车祸的经过。县就业管理处的金主任是个年轻人，一听就很生气，说出了车祸老板怎么能不管呢。他答应出面协调。姚达军满怀希望地走了。可是第二天下午电话来了，金主任说，李金斌说他不认得你哥，他公司里也从来没有过姚永军这个职工，他不肯接受调解，看来只能求助法律了。

姚达军差点跳起来，哥哥躺在重症监护室里急需花钱，今天已经是第五天了，这几天花的钱全是当年的安置款，自己卡里的钱只够一天的费用。虽然法律求助是一条路，可远水救不了近火呀。他火冒三丈，可也无计可施。第二天下午，他硬着头皮走进了县人民法院旁的法律救助处。

接待他的是一位女同志，姓董，人挺和气的，耐心地听完姚达军的叙述，然后说要看看姚永军的用工合同。这一下姚达军可傻眼了，摇摇头。董法官思索会儿，说，没有用工合同也可以，有每个月发的工资条吧，上面有你哥的签字，有制衣公司的财务盖章，也可以作为申诉凭证。姚达军连忙打电话给林爱花，让她赶快找几张工资条来。

半个小时以后，林爱花赶到法律救助处，拿出几个揉搓不整的小纸团，说是从姚永军的衣服口袋里找到的，不知道能不能派用场。董律师将纸条一张张撸平，一看确实是大树制衣公司财务室发的工资条，但领款签名人不是姚永军。

董律师看了许久，不由得皱起了眉头，说："这事不好办呀，你老公的工资单怎么会签别人的名字？"

林爱花说："我问了，是我老公签的字。这卡车原先是小叶师傅开的，前年春节小叶师傅回老家结婚，临走时找到我老公，要我老公顶他两个月，我老公在老家开过车，有驾照，所以就答应了。"

董律师问："你老公原先在公司里做什么工作？"

林爱花说："他不是制衣公司的，他在旁边的武佳紧固件厂上班，是机械修理工。开车钱多，他就过来了。"

董律师连忙问："老板换了，你老公没有重新和老板订合同？"

"没有，当初说好就是顶一两个月班，李老板也同意的。我老公拿的就是小叶师傅的工钱，没想到他走了两年多，再说，谁也没有想到会出车祸呀。"

董律师摇摇头，叹口气，转脸对姚达军说："姚师傅，我很同情你，但你没有任何凭证，这法律求助也没法帮你呀。"

姚达军一听火了，把桌子一拍，说："你们法院就是帮老板说话，明明我们有道理，怎么反而是他姓李的有理呢？"

董律师没有生气，说："李金斌是钻了法律空子。姚师傅，如果李金斌反过来控诉你哥，说你哥不经公司同意，擅自开公司的车，要你哥赔偿一切损失，你怎么办？"

不等董律师说完，姚达军扭头就走，直接去了武水派出所找张国华。张国华开会去了，手机也关了。他气鼓鼓地回到店里，天已经黑了。万鲜花告诉他：刚才县电视台播出了一条向社会求助的公告，说你哥遭遇车祸急需救治费用，希望广大爱心人士慷慨解囊……

"我们不是要饭的，为什么要别人救济？这医药费就应该李金斌这个浑蛋出！"姚达军发怒了，大声说，"是谁把这事儿捅给电视台的，丢人现眼！"

　　万鲜花晓得，前天上午，王永昌去了医院，用手机偷偷拍了姚永军的事儿，发给了"微武水"网络平台。领导在审稿时，考虑到这个事情社会上反响非常强烈，老是捂着也不是个事儿，但是从社会稳定和优化招商环境出发，也实在不宜播出，最后采取变通手法，改为了向社会求助的公告。

　　万鲜花吞吞吐吐地说了。姚达军"哼"了一声，匆匆地扒了口饭，又拿出手机拨打张国华的号码，这回手机是拨通了，可几次都没有人接，气得姚达军又破口骂娘。

二十四

夜幕下的阳光路上，到处都是闪烁的霓虹灯，从高空俯瞰，仿佛是一条流光溢彩的珍珠项链。

一辆警车缓慢地驶出县信访接待处的大门，向右拐了个弯，朝北面而去，就在警车拐弯的一瞬间，冯海泉有意无意地向外一瞥，眼中立刻射出严峻的光亮。

县政府大门口的警戒线已经撤了，高大的建筑物坐落在阳光路的中央段地，在庄严、平和中透出无言的威严。在县政府广场的东南角，还停着二十几辆型号不一的小车。

"都看到了吧。哼，"冯海泉咬着牙，慢慢地说，"国华，刚才武局打来电话，说下星期二省平安县考核组就要到了，常委会的意见是，决不能让黑车事件影响我县第八次蝉联"平安鼎"，所有部门都要有所作为，要敢于担当，武局特别强调，在考核中，谁丢分，谁承担责任。"

张国华闷闷不乐地说："这些人没一个是善茬，我总不能把他们铐起来吧。"

冯海泉淡淡地说："换个思路嘛。还有三天，时间应该足够了。"

嘉德县位于长三角核心区域，很早就建起高速公路，前几年又通了高铁。高铁通了以后，出租车司机多了一条财路。一些会开车的外来民工也嗅到了商机，偷偷地做起了出租车生意。后来，一个叫章东民的黑车司机干脆将高铁广场划入自己的地盘，除了他们那伙人，本地出租车一律不能靠近，否则要挨打，连公交车也不能到达停靠站。当地出租车司机斗不过这些来自贵、滇、川、豫的强悍民工，只能集体罢市、静坐，强烈要求政府处理这些黑车。

两天来，在县政府信访接待大厅里，双方争论不休相互拍桌子，也没有谈出个结果……

警车向前开，能够看到公安局大门了，张国华突然说："停车。"

"怎么啦？"

"车里太闷了，我想下车走走。"张国华烦躁地说，"冯局，既然桌面上不能解决问题，看来只能私下摆平了。"

冯海泉不动声色地说："可以。"

"我需要授权。"

"底线，做事情要有底线思维。"

张国华下车以后，慢慢地在街上走，脑海里紧张地思索。夏夜的风很灼人，大盖帽浸透汗水。忽然，张国华把牙一咬，掏出手机拨了号码："是叶总吗？对，我请你喝咖啡，十分钟后在优家奶茶见面，不见不散。"

没等对方回答，张国华就把手机挂了。他又立刻拨通新居民事务管理局朱副局长的电话，说明天上午借用一下小会议室，请朱局以新居民事务管理局的名义，邀请章东明来参加一个维稳座谈会。

……

第二天上午九点左右，章东民摇摇晃晃地走进了小会议室。

章东民是个身材敦厚的中年男子，从河南老家刚到武水时，开始在铸件厂当翻砂工，后来又做搬运工，每天站在十字路口揽生意，渐渐地在县城混出了小名气，搬家工具也从扁担、大板车、小三轮慢慢地升级为大卡车，手下有了七八个伙计。按理这日子过得还可以，没想到他突然华丽转身，用卡车换了辆二手车，跑起了载客生意。巨大的利润空间使得伙计们也纷纷仿效。他们没有运行证，刚开始只敢在深夜载客，后来胆子越来越大，在大白天也上了路。当地主管部门对他警告过多次，可他没放在心上。他知道，现在是网络时代，政府最讲稳定，公安不会出动，城管又没有力量，谁能把我们咋地？昨夜，他接到朱副局长的电话时，还满嘴酒气地在政府广场的路灯柱下打牌呢。

可是，在跨进小会议室的一刹那，他脸上的笑容凝固了。他看到面若冰霜的张国华，也看到嘴角挂着冷笑的叶盛奇，特别是身后那个彪悍的民警汤继平对自己怒目而视，"呼"的一声将门关上，震得他头脑发涨，昨夜里灌的八两烧酒早化作了一头冷汗。他强作镇静，嘴上却突然冒出一句台词："钢刀虽快，不斩无罪之人。我没有犯法，你们干吗抓我？"

张国华揶揄说："我抓你了吗，你心虚啥，要抓早把你铐起来了，还会对你这么客气？犯啥事了，你自己说吧。"

章东民眼珠转动，说："犯事儿了？我没犯事儿呀，你让我说什么？"

一语未完，张国华"啪"的一声，手掌猛击桌面，震得玻璃杯跳起来，指着章东民的鼻子，声色俱厉地说："没犯事儿？没犯事儿我会找你？你以为我那么空闲？我警告你，政治思想工作不是万能的，对那些藐视法律、破坏社会治安的地痞流氓，你真以为我们警察不敢出手吗？在这里说还是到里面说？是争取主动交代，还是抗拒到底？我给你三分钟时间考虑。瞧，警车还在门口等着呢。"

章东民见张国华一下子变得凶神恶煞，心里也哆嗦，他对同伙吹嘘不怕警察，那是在钻政府维稳的空子，其实内心还是怕的。他期期艾艾地说："张所长，你是指出租车司机静坐的事儿？那和我无关，都是本地人干的。"

张国华冷笑说："我问你这个了吗？不要避重就轻。我问你，组织偷开黑车，对抗政府监管，偷逃国家税款，是谁出的主意？私自划分地盘，殴打合法司机，扰乱社会治安，又是谁领的头？"

章东民的额头冒出了汗珠，他明白这些罪名一旦落实，自己就完蛋了。绝望中他叫起来："张所长，我是开黑车，罚款我认，可我没有领头呀。"

张国华从笔记本里抽出几张纸，一边抖动一边说："你有没有领头，你说了不算，它说了算。看看吧，这些都是你小兄弟昨天夜里写的揭发材料，他们都说你是头，所有的一切都是你在背后鼓动干的。"

"胡说八道，出去后我活劈了那些王八蛋！"

张国华将纸放进笔记本，嘲弄地说："你还想出去？蔺建强还记得吗？"

"蔺建强？"

张国华用手指敲着桌面，说："年纪轻轻，怎么那么健忘，你家乡派出所的蔺所长，昨天夜里我们通了电话，你的那些材料都传在我电脑里呢！"

章东民的汗流下来了，当初他是打了群架逃出来的，现在张国华翻出老底，他焉能不害怕。他嗫嚅地说："那个人活着，再说这事都过去好些年了。"

"案底都给你留着呢，如果加上现在这些事情，你就是累犯、惯犯！"张国华见章东民脸色灰白，放缓口气，说，"你判刑进去了，你家里人的生活怎么办？"

章东民的精神世界彻底被击垮了，尽管天气炎热，仍觉得手脚冰冷。他看着冷峻的张国华，说："我不想进去，我还有老婆孩子，女儿刚上小学，儿子还在幼儿园里。张所长，求求你，我不能进去。"

"不想进去？好哇，那就看你配不配合我们的工作。"

"我配合，我保证配合。车我不开了，我让他们把车都卖了，再也不敢跟政府较劲了。"

"这就对了，要遵纪守法，在任何时候都不要和政府较劲。和政府较劲的，没有好果子吃。今后如果再有人闹事，我就找你算账。"张国华挥挥手，示意对方坐下，放缓口气说："你喝口水。东民，你们进城谋生也不容易，我们也得给你们出路。这是武水交通运输公司的总经理叶盛奇，认得吧，昨天晚上我们商议了一个解决问题的办法。叶总，你说说吧。"

叶盛奇心中暗笑，看着惊魂未定的章东民，先递支烟给他点上，然后和颜悦色地说："东民，为了解决黑车的事，政府动了不少脑筋，具体就是，没有驾照的一律遣散。你想，连驾照都没有，怎么能保证乘客安全，这个事情由你负责。听清楚了吗？"

章东民机械地点头，没有说话。

叶盛奇又慢慢地说："根据规定，开出租车是要领取运行证以后才能载客，可一个县的运行证是有数量规定的，一时批不了那么多。这样吧，你们有驾照的全部纳入我公司管理，由公司给你们申请临时运行证。"

章东民腾地站起来，颤声问："叶总，你是说……为我们申请临时运行证？"

张国华点点头，说："你们也要过日子嘛，挂靠在武通公司名下，你们就可以合法经营。但前提是，必须遣散那些没有驾照的黑车司机，这点由你负责。"

章东民大喜过望，说："我保证。"

"那好，我记住你的保证。具体怎么挂靠，叶总会和你说的。"

张国华朝叶盛奇点点头，从桌上拿起警帽戴上，带着汤继平出了新居民事务管理局。天气很热，蝉在树上唱个不停。汗水渗透了后背，他没有解风纪扣，这是在警校养成的习惯。他长长地吁出口气，心情略为轻松；本地司机原本都挂靠在武通公司名下，昨夜叶盛奇一个电话，那些静坐的司机都乖乖地回去了，现在章东民这班人又被套上了笼头，这场风波也该过去了。

想到这里，他掏出手机拨通冯海泉的电话，讲述了事情的结果，并说申请临时运行证，权限在交通警察大队，请冯局出面协调。哪知冯海泉说："国华，这事我知道了，你不要管了。你立刻带几个人去'江南之春'李金斌家。"

"出什么事了？"

"刚刚接到报案，说李金斌的儿子李鑫华在放学回家途中被绑架了。"

张国华惊出一头汗，刚落地的心又悬到了半空。

二十五

在"江南之春"一栋布置得富丽堂皇的别墅里，张国华见到了哭得昏天黑地的黄珉。

黄珉是李金斌的老婆，个子中等，肤色较白，圆脸微胖，大眼睛，细眉毛，还有一张微微上翘的嘴巴，整个五官看起来比较精致，美中不足的是鼻梁扁平，犹如正中央长出一个小蒜头。她是附近高云村的农家女，从小就做农活，和李金斌结婚以后，又一块儿风里来雨里去地跑南闯北。这几年家境富裕了，她不再操心生意上的事，迷上了麻将桌。今天是周末，儿子李鑫华中午要回家。她早早烧好饭菜，自己先吃了，等李鑫华回家交代完，就去梅苑大厦的棋牌室。可左等右等，就是不见儿子的身影。正当她等得心焦的时候，手机响了，还没有听完，人就晕倒了。

"一定是姚达军干的。"李金斌咬牙切齿地说，"看老子不找人活剥了他的皮。"

李金斌个头不高，人瘦瘦的，黑黑的，一张刀形条脸孔，在两道粗黑的眉毛下，有一双小而亮的眼睛，不时透出刺人的寒光。他嘴角抖动，冷笑地说："跟老子玩阴的，看老子不灭了他。"

张国华心里暗暗吃惊，他早就听说李金斌是个油盐不进的泼皮，年轻时坑蒙拐骗什么都干过，出狱以后靠贩私烟捞到第一桶金，以后他开过豆制品厂、水泥管桩厂、炒房产，不断地变换角色，如今的身份定格在县政协委员、大树制衣有限公司董事长兼总经理的名片上。张国华平时见他笑容满面，待人接物文质彬彬，没想到这会儿露出了滚刀肉的底色。张国华说："李老板，你说这是姚达军做的，证据呢？"

"这还要证据吗？这是典型的报复。我们企业家的人身安全还有保障吗？"李金斌的小眼睛里射出凶光，说，"张所长，你们警察是吃干饭的？我们是纳税人，你们就这样保护我们纳税人吗？"

张国华压抑内心的愤怒，脸上反而露出淡淡的讥讽，故意说："张老板，你最后一次见到姚达军是什么时候？"

"这我怎么知道？这是你们警察该调查的事，我只管向你们公安要人。"

"等等，张所长，你们说的姚达军是谁？"黄珉截住李金斌的话往下讲，说，"我们又不认得那个姚达军，也没有得罪过他，他为什么要绑架我儿子？"

"姚达军是谁，过会儿你问李老板，好吗？我们是来调查破案的，不介入你们之间的纠葛。黄阿姨，你先把电话内容告诉我，好吗？"

"不，我要儿子，你把事情告诉我，我去找那个该杀的姚达军。他如果不还我儿子，我和他拼了。"黄珉转过身，一把揪住李金斌，说，"一定是你又干了什么缺德事，惹得别人上门报复？快说！"

李金斌竭力挣扎，说："我能干啥事，我也不认得姚达军。张所长问你话呢，别拎不清了。"

黄珉情绪依然很激动，孩子是母亲的命根子，谁动了孩子，所有的母亲都会变成母老虎的。黄珉瞪了丈夫一眼，转脸对着张国华又痛哭起来。

"我等我儿子回来，他是住校生，今天周末放学回家，可等等不来，

等等不来，我正等得心焦电话来了，说张鑫华在他们手里，不许报警，拿三十万放人，否则就把我儿子废了。"

张国华忙问："声音熟悉吗，哪里的口音？"

黄珉摇摇头，说："声音怪怪的，鼻音很重，好像捏了鼻子在说话，也不知道是男是女，口音南腔北调，听不出是哪里人。哦，那个人还让我把钱打到指定账户上。"

张国华大吃一惊，竟然会有这样利令智昏的罪犯，现在是大数据时代，公安只要锁定账户，接下来就是瓮中捉鳖，看来作案者的智商还停留在小学阶段。他问："账户发过来了吗？"

"不晓得，我还没有来得及看。"

黄珉打开手机，滑到短信栏，屏幕上跳出一连串数字，张国华又是一惊，这是农商银行的卡号，而且是本县支行，是谁这么胆大妄为，真是不把警察放在眼里了。张国华看了眼一旁做记录的汤继平，又转脸说："黄阿姨，情况能说得再具体些吗？"

"我儿子是骑自行车回家的，在一起的还有几个同学。"黄珉断断续续地说，"有个同学打电话告诉我，说他们在曙光路和人民路的路口等红绿灯时，旁边来了一辆灰色的面包车，车里下来几个戴口罩的人，一句话也没有说，就把我儿子连人带车塞进了面包车。"

正说到这里，汤继平凑近耳语几句。张国华眉头一跳，似乎也有些意外。黄珉急切地问："张所长，我儿子有消息了？"

"暂时还没有。我这就回局里去，调看路况录像，先把那辆灰色的面包车找到。"张国华想了想，又说，"这伙人要的是钱，不是你儿子的命。你家鑫华应该不会有生命危险，有新情况随时联系我。"

"好的。张所长，那个姚达军究竟是什么人？"

"这个……你问李老板吧，他比我更清楚。"

张国华出了大门，上了警车。汤继平一面点火一面说："师父，都下午两点多了，去姚达军那里吃碗面吧。"

张国华看他一眼，说："不先回局里查看录像了？"

汤继平说："不看，看了也白搭，牌照肯定做了手脚，这是用脚也可以想到的。还是先去碰碰姚达军，免得他肚子里再冒坏水。"

说到这里，他扑哧一笑。张国华说："你笑什么？"

汤继平说："我突然想到，现在李金斌的脸肯定被她老婆划成了地图。"

警车在幸福川菜馆门口停下，立刻引来了许多人的围观，姚达军吃了一惊，等看清来人时，脸上又露出玩世不恭的神态，讥讽说："真是两位大忙人，平时打着灯笼都难找，这会儿怎么有空驾临小店了？"

张国华似笑非笑，说："少来些阴阳怪气，老规矩，来两碗面条，快些。"

姚达军努努嘴，看着万鲜花钻进厨房。张国华挑了个干净的位置坐下，问："你哥这几天情况怎么样？"

"躺在医院里嘛，谁让我们是农民工，命贱。"

张国华说："话不能那么说，问题总会解决的。"

姚达军冷笑一声："解决？啥猴年马月的？只怕到了殡仪馆才能解决。怎么，你好像有事？"

万鲜花端来面条。张国华吃了几口，看着对方脸色，慢慢地说："这些天我确实很忙，下一步可能会更忙。"

"又发生什么案件了？"

"绑架案。李金斌的儿子李鑫华今天被绑架了，绑匪勒索三十万。"

"该！天报应。"姚达军说到这里，脸色霍然一变，冷笑说，"我说呢，你怎么这回儿肯上店里来吃面条，你是微服私访来了。我告诉你，我恨不得杀了李金斌这个浑蛋，可绑票这种下三滥的事儿，我姚达军决不会做。"

"我清楚，你是懂法明理的，你不会做，但不能保证你没有同情者。"张国华逐字逐句地说，"你帮我想想，谁会这样胆大包天？"

"我怎么会知道呢，就算我知道了，我也不会告诉你，那李金斌就该断子绝孙。"姚达军恶狠狠地说，又发出一阵怪笑，说，"老板的儿子你们挺关心呀，我们农民工的死活谁来管呢？"

正说到这里，门外传来一阵嗷叫："姓姚的，你给我滚出来！"

随着话声，李金斌冲进了店堂，身后跟着三个手拿着铁棒的小青年。姚达军眉目倒竖，转身拿起一柄剔骨刀往外冲，汤继平大吼一声，身手迅捷拧下剔骨刀，又一掌将姚达军推开，跳到屋中央说："谁也不准动，谁动手，我叫他立刻趴下，信不信？"

张国华纹丝不动，皱皱眉头，说："李老板，这是干吗呀？让他们把铁棒收了，都退到外面去！"

李金斌没有想到张国华会在这里，他朝后挥挥手，又冲着张国华嘿嘿一笑，说："大所长也在？怪不得都说你黑白两道通吃，果然好手段。佩服，佩服。"

汤继平厉声说："李金斌，你说话要有证据。"

"让他说嘛。"张国华摆摆手，说，"你看看都几点了，我们警察总得吃午饭吧。你来干吗？"

"既然你们警察不作为，我就只能自己向姚达军讨儿子了。"

姚达军跳起来，说："姓李的，你别把屎盆子往老子头上扣，我们之间不共戴天是不假，但你那宝贝儿子失踪，跟老子无关，别像疯狗似的乱咬乱叫。"

"我儿子失踪……不是你，哼，还会有谁？"李金斌压住火气，咬咬牙，说，"行，姚达军，算你狠，这事我认栽，三十万赎金我马上打给你，你还我儿子。"

"什么赎金，屎壳郎打喷嚏，满嘴喷粪，你算是哪个大头鬼。告诉你，咱俩的事，早晚白刀子进红刀子出，总有见分晓的一天。你儿子，哼，这事和老子无关，少和我扯王八犊子。我再说一遍，我只要我哥的医药费，我不要你儿子的命。哦，我明白了，你口袋里手机⋯⋯想偷偷地录音，是不是，呸，无耻！"姚达军鄙夷地看看对方，说，"别以为你有几个臭钱就了不起，在我眼里，你比狗都不如。我们农民工不是好欺负的，把我们逼急了，我会让你一辈子不得安宁。"

李金斌仇恨地看着姚达军，点点头，说："行，小子，有种，别以为你有警察罩着，老子不怕，我们走着瞧！"

二十六

一份情况通报摆在县长的办公桌上，陈德龙还没有看完就皱起了眉头。他按了下话筒，说："小顾，你过来一下。"

十秒钟后，顾越岷走进办公室，他是陈德龙的跟班秘书，也是办公室副主任，是个眉清目秀、身材挺拔的青年。说："陈县长，有啥事要办？"

陈德龙指指桌上，说："这情况通报你了解过吗？"

顾越岷说："我专门去了县工商联。李金斌的儿子被绑架，到今天已经是第四天，现在人还没有下落。绑架人是谁，也没有最后锁定。县工商联写了情况通报，希望能引起领导高度关注，督促职能部门限期破案，解救人质。"

"噢，还有呢？"

"这件事反响很大，已经在企业家中引起普遍恐慌。县工商联的沈主席告诉我，企业家在发展生产过程中，难免会和民工产生各种各样的矛盾，如果都采用这样极端的方式，不但企业家和他们家人的人身安全得不到保障，而且对我们县优化招商引资的环境也非常不利。"

陈德龙沉思不语，顾越珉正想退出，忽听得陈德龙问："你有啥看法？"

顾越岷是个非常谨慎的人。他明白，秘书是一个很特殊的工作，职务不高地位高，基层的同志会把你当领导那样捧，而真正的领导则最讨厌那些想左右自己思路的秘书。对这起绑架案，他确实有自己的想法，但他认为最好的方法，还是通过其他人的意见来曲折地表达。

"我向几个有关部门的领导征求了看法，大家比较一致的意见是此风不可长，孩子是无辜的，那个躺在医院的民工也确实值得同情。"

陈德龙笑了，说："滑头，你干脆就说李金斌最可恶不就行了，说话拐来抹去的。不过，那个李金斌也确实可恶，难怪社会舆论不同情他。这话就说到这里，出门就忘掉。你打个电话，让武局长马上来一趟。"

顾越珉答应一声出去，陈德龙继续仰靠在椅背上沉思。半个月前，蒋建良去省委党校参加学习，尽管没有明确具体内容，但大家都心知肚明，这是换岗前例行的干部培训。在明年二月份召开的市两会上，蒋建良履行新职已成定局。接下来县委书记会花落谁家呢？从目前组织布局分析，自己应该是第一人选，况且市委领导也宣布，在蒋建良学习期间，由自己主持全面工作。所以这段时间，他全力以赴抓招商引资，明天还要带人去广州和外商洽谈呢，只有把蛋糕做大，嘉德才能更快地发展。陈德龙看着通报，脸色虽然平静，心里却在痛骂李金斌，现在是嘉德县最需要稳定的时候，偏偏李金斌又闹出了这么大的乱子，把自己这个县长推到了风口浪尖。

他认得李金斌，李金斌是政协委员，还是县工商联的常委。平时他见了李金斌也是有说有笑，但内心对李金斌的人品是厌恶的、鄙视的。他实在想不通，像李金斌这样一个没有良知的半文盲，怎么也能成为改革开放的弄潮儿？但他也知道，历史的逻辑从来就不是按照人的主观愿望向前推理的。现在，他要考虑的是尽量减轻绑架事件的负面效应，至少在自己主持全面工作期间不出乱子。

有人轻轻地敲门，在顾越珉的前导下，武一民走了进来。他坐在陈德龙的对面，很习惯地从口袋里拿出"掌中宝"电脑笔记本。

"犯罪嫌疑人锁定了吗？"

"还没有。车，我们找到了，扔在西边的小树林里。"

"车主是谁？"

"李金斌。"

"李金斌？"

"我们查验车牌，没想到车主会是李金斌，是他放在仓库里的一辆旧车，也不知道是谁偷偷开出来的。"

陈德龙差点笑出来，说："这么说，人应该还在城里。"

"是的，一定被藏在什么地方。我已经通知全面排查。我要打草惊蛇，让这伙人自己跳出来。"

陈德龙点点头，说："那个姚达军在做啥？"

"他待在店里，我们已经布控。不过，据我们分析，姚达军作案的可能性也不大，那个账号是县第一人民医院财务室的，交费住院号是姚永军，没人会那么傻。"

"那……那些人为什么要这样做呢？"

"这正是我最担心的。"武一民脸色沉重，说，"陈县长，现在是互联网时代，当某个事件一旦具有公共性和共同性时，有时并不需要当事人自己出手，那些同情者仅仅是为了泄愤，也会铤而走险实施报复的。换句话说，陌生人也会出手的。"

陈德龙内心震骇，慢慢地喝口水，想了想又说："一民，还是要尽快破案，解救人质，这关系到社会稳定，拖延不得。蒋书记在省委党校学习，我们自己能处理的事情，就不要让他分心。噢，那个李金斌情绪怎么样？"

武一民鼻孔里"哼"了一声，说："这个李金斌真是个怪物，他公开扬言，宁可花一百万求助黑道找儿子，也不会付一分钱的医药费。"

陈德龙似乎有些意外，说："求助黑道？一民，他是公开和你叫板呀。"

武一民笑了笑，说："李金斌是责怪我们公安太守规矩。我个人挨骂倒无所谓，但我决不会让他胡来的。陈县长，如果砸了姚达军的川菜馆，姚达军能善罢甘休吗？接下来双方就是一场恶斗，我能让这些人胡作非为？"

陈德龙点点头，说："一民，要制定预案，不管发生什么情况，县委、县府全力支持你的工作。明天我就要外出招商，这里的事你多费心，给我盯紧些，千万不能掉以轻心。"

武一民知道汇报只能到这一步，正打算告辞，手机响了，还没有听完，他转过脸，说："陈县长，李鑫华已经回家了。"

陈德龙虽然感到意外，还是长长地吁出一口气。再看武一民，不知为什么，武一民的脸色反而变得严峻。他连忙问："一民，那个李鑫华受到伤害了吗？"

"没有。电话是张国华打来的，这会儿他正在李金斌家里做记录呢。"

陈德龙用铅笔笃笃地敲着桌面思量好久，突然说："你打电话给那个张国华，让他立刻到我这里来，我要当面听汇报，我心里总有些不踏实。记录让别人去做。"

武一民说："好，我这就打电话"。

趁武一民打电话的空隙，陈德龙签了两份文件，一份是组织全县镇（街道）和经济部门负责人赴福建厦门、泉州、漳州、珠海经济考察的通知，另一份是关于全县经济实施三年"腾笼换鸟"的规划。放下铅笔，陈德龙先让顾越珉把文件拿走，然后说："一民，李鑫华找到是件好事，你怎么反倒有些不高兴？"

"我不是不高兴，我是在担心。你想，钱没有到手，这些人为什么肯放人质呢？答案只有一个，他们又有了新的计划。这更证实了我们原先的判断，作案者是另有其人，说得明白些，就是对李金斌或者对那些企业家怀有普遍不满情绪的群体，有可能是生意上的对头，更多的是怀有仇恨的民工。"

陈德龙看着武一民，没有说话。

"民工也有网络，这是潜在的危险。一旦在某个特定的目标下，有些人借助社会网络，就能够卷起巨大的舆论风暴。"武一民深思熟虑地说，"就这次事情来说，基本上是个内外勾结的案件。"

"你是说有内鬼？"

"是呀，没有内鬼，引不来外贼。那辆面包车原本是停放在公司仓库里的，没有内鬼，罪犯怎么知道面包车在仓库里，车又怎么能出大门，那些保安都是泥塑木雕？我让人查了监控，偏偏说那一刻保险丝断了，停电了。见鬼，怎么那么巧，都凑到一块儿去了。"

陈德龙也笑不出来，正要说话，响起敲门声，顾越珉领张国华走了进来。

"是小张所长吧，坐，坐，别拘束。"陈德龙热情地招呼，上下仔细打量。在县常委会上，他听说了张国华的名字，但没有见过面。他亲切地说："小张所长，李鑫华是怎么回家的？"

"这事说来也奇怪。一个小时前，派出所值班室接到一个电话，说李鑫华就关在梅花小区 3 栋 802 号，让我们马上过去。我们赶到那里，果然找到了李鑫华。"

"那栋楼房的主人是谁？"

"我们查了，和主人没关系，这是房改房，已经空置两年，周围都长草了，真没有想到李鑫华会关在这里。我们找到李鑫华时，他脑子还迷迷糊糊的。他告诉我，这几天除了喝水吃饭，平时嘴巴都用胶带封住。今天上午，那些人给他喝了罐饮料，醒来就看到我们了。"

"那些人会是谁呢？"

"李鑫华说，那些人都戴了口罩，有的还戴了墨镜，听口音也不像是本地的。陈县长、武局，我总有一种不好的预感。"

"哦，什么预感？"

"这几天网上有关姚永军的谣言越来越多，有的甚至说他死了，网上骂娘的人也多了。我梳理了一下，这里面肯定有网络水军在炒作，现在李鑫华又突然回家，看起来醉翁之意不在酒。我想，会不会是有人想借此闹事？"

陈德龙微微点头。他看看武一民，意味深长地说："一民，听到了吗？山雨欲来风满楼，小张所长很有水平啊。"

二十七

　　张国华还没有睁开眼睛，就接到冯海泉打来的电话，问他在哪儿。张国华一愣，这会儿才早晨五点半，你说我能在哪儿？他还没有回答，就听得冯海泉很不耐烦地说："别睡了，快带几个人去大树制衣公司，那里路都快堵塞了。我已经通知姚新敏也带人过去。"

　　张国华吓了一跳。他带了几个民警赶往经济开发区，车还没有到大树制衣公司，远处就发现淮河路口集聚了许多民工，车越是往里开，车速就越慢，汤继平不停地按着喇叭，人群并不让开。张国华往远处看，在大树制衣公司的铁门口摆了张桌子，后面还悬挂着横幅，红底白字写了"请为受害民工姚永军捐款"，在早晨嫣红的阳光中，显得格外的耀眼。

　　张国华内心吃惊，这里是经济开发区，是民工集聚的地方，经济开发区公路对面又是圩中村，圩中村不仅仅是全县还是全省最大的农民工集聚村之一，也是全省民工自治试点村，里面居住了来自全国各地的外来人口四万多人。一旦这些新居民跃过公路进入开发区，那局面就不可收拾了。想到这里，他跳下警车就往前跑，看到姚新敏带了几个民警正在人流中做劝阻工作。

　　"请大家相信政府，不要听信谣言。"

"大家要提高觉悟，警惕坏人破坏。"

"该上班了，大家都散了吧。"

"不要拥挤，不要拥挤。"

……

张国华挤到捐款箱前，见孔明华在记录捐款民工的名字，不由得火往上冒，大声问："明华，这是谁组织的？经过批准了吗？堵塞交通，制造混乱，你知道这严重后果吗？"

"是我组织的，怎么，有罪？"

张国华转过脸，进入眼帘的是面含冷笑的姚达军，旁边站着冷眼相对的沈前进，后面是一大群民工，有认得的，也有不认得的。

张国华压住怒气，说："姚老板，制造群体性事件，造成严重后果的，是要负法律责任的。你看看这个场面，一旦失控，这个责任你负得起吗？"

姚达军说："张所长，你别血口喷人，乱加罪名。谁闹事了，我哥哥还躺在医院里等钱救命呢，政府不管，我只能自己募捐救人，难道这也犯法？我犯的是哪一条王法？"

张国华大声说："这么多人上街，附近的工厂都停工，经济开发区的道路也堵了，你还说没有闹事？"

沈前进上前一步，说："张所长，你说这话就没水平。我们一共就六个人，向你汇报一下，两个拉横幅，一个收钱，一个登记，我们两人维持秩序，就是为了防止坏人来捣乱。你说有这么多人上街，腿长在他们身上，我管得住吗？你问问那些看热闹的，有哪一个是我让他们来的？"

"别胡搅蛮缠，赶快把横幅收了，赶紧滚蛋，否则让你吃不了兜着走。"

姚新敏在一旁越听越火，大声说："国华，说那么多废话干吗。沈前进，你没有让他们来是不假，可是如果不拉横幅，怎么会有这么多人来，还把公司的大门堵了。这难道不是你的责任！过来几个人，把横幅给我收了。"

"谁敢！"

姚达军大叫一声，眼里露出凶光，恶狠狠地说："姓姚的，你今天收横幅，老子就和你拼了，你信不信？老子贱命一条，你的命比我的金贵得多。大家说，这横幅能让他们收吗？"

"不能，不能。"

"我们民工也是人。"

人群中还有人起哄高喊：

"人民警察为人民！"

"人民警察爱人民！"

……

姚新敏霍然变色，也是把心一横，心想老子就是犯错误不当这个教导员，也得把姚达军的气焰压下去。他推开张国华，对姚达军嘿嘿一笑，说："姚达军，你说我一个人民警察会怕你这样的泼皮吗？如果你想试试我这头上警徽的威力，你就动手。"

姚新敏正想喊人，忽然传来谩骂声："都给我进去干活，看什么热闹，都给老子滚蛋！"

张国华转脸望去，是李金斌在驱赶看热闹的人，嘴里骂骂咧咧："回去，回去，耍猴哪，有啥好看的，都干活去！"

从昨天下午起，有关姚永军受伤的照片在网络上传开了，厂里工人交头接耳，空气中似乎含有火药味，李金斌明显地感到了危险。晚上他住在办公室里，没有回家。清晨，他从窗口看到淮河路上民工越聚越多，预感到可能要出事。他是个非常敏感的人，立刻打了两个电话，一个给县工商联的沈主席，通报情况，让他在群里发信息，请各位企业主管住自己企业的工人；另一个电话打给县公安局的冯海泉，要求提供人身保护。忙完这些，他去食堂吃了早餐，出来时再一看，警察到了大门口，腰杆子又挺了起来，看到有人捐款便骂开了。

"嘿，这会儿都有钱了，不哭穷了，不装傻逼了，都给我进去干活，否则老子开了你们！"

朱建新实在听不下去，说："老板，捐款是我们个人的事情，连这你都要管？"

李金斌把眼一翻，说："呵，嗑瓜子没想到嗑出个臭虫来，你不服管可以走哇，三条腿的蛤蟆难找，两条腿的民工有的是。"

朱建新脾气再好也忍耐不住，说："老板，开除我们，谁来给你干活，为你赚钱？你脑子清楚些！"

李金斌勃然大怒，说："滚，你给我滚！哼，只要我一个电话，就让你乖乖地滚出嘉德县！"

朱建新把眼睛瞪圆，双手握拳步步逼近，旁边的几个民工也"啪啪"地脱了工作服扔在地上，说："我们不干了，算账，走人！"

"给钱，我们这就走人！"

……

李金斌见群情汹汹，尤其是看到一些工人的眼睛里发出仇恨的光芒，心里也有几分害怕，连忙大喊起来："保安，保安，把他们都赶出去！"

姚达军脸肌抽动，和沈前进对视一下，大步朝里走，刚进入大门，几个民工一拥而上，咣当一声将铁门关了。

"救命！救命！"

李金斌发出绝望的声音，他知道民工的愤怒一旦爆发，会把自己撕成碎片。姚达军走上前，揪住李金斌的衣襟，"啪啪"地两个耳光，低沉说："你再号一声，老子扒了你的皮，你信不信？"

李金斌咬牙切齿地说："姓姚的，我李金斌走过三关六码头，不是吓大的，你扒，你扒，你不扒就不是你妈操出来的。"

"啊！"姚达军怒火中烧，脸肌抖动，大叫一声，反而咯咯咯地笑了，说：“姓李的，老子今天先挖了你的狗眼，再扒你的狗皮，看看你长了一副什么好下水。”

李金斌见姚达军眼露凶光，知道大事不好，刚想呼喊救命，喉咙被姚达军右手的虎口紧紧地锁住，发不出一丝声响，渐渐地瘫软。这时传来焦急的喊声。

“姚达军，不要干蠢事，快把人放了。”

姚达军回身望去，是张国华在使劲地摇晃大铁门，身后是一群戴着头盔、身穿黑色制服的防暴警察，不由得惊出一身冷汗。他的本意是通过捐款羞辱李金斌，也给政府施压，没料到事态会失控。可事至如此，他也顾不得了。他冷笑一声，一使劲将李金斌拖进办公室，扯下窗帘布，将李金斌结结实实地绑在椅子上，说：“姓李的，你别怕，今天有的是时间，我们慢慢地谈。你不用指望那些小警察会冲进来救你，铁门关上了，道路堵死了。不过，你的命也没那么金贵，扒了你的皮，就一肚子坏水，扔在大街上，狗都嫌脏。”

张国华使劲地摇动铁门。隔着铁栅站着沈前进，沈前进后面有许多民工，也分不清是公司里的还是外面的，厚厚的人群像一堵墙挡在面前。张国华怕伤了民工，不敢带民警往里冲。他额上的汗珠流淌下来，大声说：“老沈大哥，快把门打开，不能伤害李金斌，蛮干解决不了问题，要犯法的。”

沈前进说：“张所长，我们不想蛮干，我们也知道这样做犯法，可我们守法有用吗？你们警察讲政策怕这怕那，能对付李金斌这样的恶棍吗？冤有头债有主，对李金斌那样的浑蛋，就得给他来硬的。”

姚新敏挤上前，说：“国华，和他废什么话。沈前进，立刻把门打开，否则我们要采取强制措施了。”

沈前进嘿嘿一笑，愤怒地说：“姚所长，你急啥，姚永军受伤，怎么不见你急呢？”

“你……”

姚新敏勃然大怒，转身挥动手臂想指挥民警往里冲，被张国华死死地拦住了。

"姚所，不能硬冲，要流血的，你没有看见？那是民工，无论如何不能让民工流血。"

姚新敏听到流血两字，不由得打个寒噤，透过铁栅，他看到那些民工手里都有了家伙，有的是翘棒，有的是榔头，有的是老虎钳，还有的手里拿着砖块，很显然都是临时找来的。看着戒备不安的民工，姚新敏再暴怒，头脑里这根弦还是有的。他喘口气，点点头，说："那行，你在这里和他谈，让他们开门，我立刻给冯局打电话。"

其实，冯海泉早到了现场。为防止意外，医疗、消防、救护、宣传等应急车辆也都开进了淮河路。冯海泉命令叶国强带几个民警站在路口疏散人群，自己登上消防梯。附近企业的民工涌出厂区，街上还有大批的民工家属、子女，有看热闹的，有起哄的，有扔砖头的，也有哭的。冯海泉目测估算在两万左右，心中极为吃惊，他从警二十多年，也处置过一些突发性群体事件，但这么大规模，还是第一次。他手心里攥满汗水，立刻下令，在任何情况下，民警都不准动用器械，违者严肃处理。

他跳下消防车向公司大门走去，正遇到气喘吁吁的姚新敏。

"冯局，铁门关了，李金斌还在里面。"

"我去和他们谈。"

"冯局，有危险，你看那些人的情绪……"

"不危险，要我们警察做啥？快，迟了就来不及了。"

冯海泉知道，必须在流血之前控制住事态的发展，人一旦见到流血，情绪就会无法控制。他推开姚新敏，正想朝大铁门走，这时，不远处的警戒线忽然开了个口子，一辆黑色小车飞驶到近前停下，门开了，先跳下公安局长武一民，武一民身后是神色严峻还带有几分恼怒的蒋建良。

二十八

蒋建良是连夜从省城赶回来的。

一个月前，他接到去省委党校参加培训的通知。他心里清楚，自己在嘉德县的履职基本结束了，尽管名义上还是县委书记，但已经具有过渡的性质。对这一点，他是很坦然的。作为一个农家子弟，能够担任县委书记，除了自身的勤奋努力外，更多的是组织的信任和培养，他深深懂得这些。

在省委党校学习的日子里，是他近六年来最轻松、最惬意的时候，作息时间也最正常。学习之余，蒋建良除了会会几位在厅局级任上的老同事，还安排妥了女儿蒋晓雁的工作。女儿明年夏天硕士研究生毕业，读的是师范专业，却不愿当老师，就让她去文化部门吧。现在都讲"四个自信"，文化自信也是一个嘛。他不太满意的是未来的"毛脚女婿"，长得蛮精神，但不是本地人，来自湖北的某个县城。他想到了"天上九头鸟、地下湖北佬"的民谚，心中就有些腻味，尤其自己要给"毛脚"安排工作，却被婉谢了。那小子学的是软件设计，要自己去创业，真是不知道天高地厚。可那是女儿的选择，他们是同学，不肯走自己安排的通道，又有啥办法哪，儿大不由爷，女大不由娘嘛！

蒋建良在党校学习期间，虽然知道自己不会再主政嘉德，但对嘉德还是放不下，从职务上说，自己仍是第一责任人，从感情来讲，主政六年，一朝放手，难免有失落感。到了夜间，总要上线了解嘉德的情况。这两天，他发现有关姚永军的话题在网络上炒得很热，还有许许多多的留言，有些留言火药味很浓，心中很是不安。虽然陈德龙通报了一些情况，他依旧忐忑不安。半夜他睡不着，突然打电话给县委办主任，让他立刻派车，说自己要回来看看。

"冯海泉，现在情况怎么样？"

冯海泉见蒋建良两眼冒火，心里发怵，连忙立正敬礼，说："蒋书记，民工把铁门关了，李金斌被绑在里面。"

蒋建良说："人……有危险吗？"

冯海泉说："人，暂时没有生命危险，可我们的人进不去。现在，姚达军这些人很偏激，他们扬言，如果我们采取强制手段，大家就鱼死网破同归于尽。"

"无法无天，这些浑蛋！"蒋建良恨恨地骂了一句，说，"冯海泉，你准备采取什么办法？"

"我坚决执行你的命令。"

"胡闹，拿不出具体办法，我要你这个泥菩萨干吗！"蒋建良一脸怒气，大声说，"这么多民工聚在一起，意味着什么？动乱、流血，甚至……你明白吗？"

面对县委书记的盛怒，冯海泉把心一横，反倒冷静了，说："我明白，不能流血。蒋书记，我已经下了死命令，所有民警都要做到打不还手骂不还口，无论民工情绪如何偏激，只能说服、解释和教育，绝对不能动武。"

"冯海泉，你这是右倾。前段时间，对一些不法行为，你没有旗帜鲜明地坚决打击，现在，面对严重危害人民生命和财产的公共事件，你又一味姑息纵容，自己解除自己的武装。你究竟要退让到哪一步！你怕什么，你为什么怕？"

蒋建良回头一看，训斥的是县政法委书记周涯，旁边还站着常务副县长于华和宣传部长陈苏，不由得眉头一皱，说："你们也都来了？那好，我们马上分下工。周涯同志，你负责疏散人群，不要再向这里集聚。于华同志，马上通知开发区、经信局和武水镇的领导，让他们把自己管辖范围的人都劝说回去。陈苏，告诉报社、广电台一定要坚持正面报道，立刻通知网信办加强管理，不要让那些自媒体干扰我们的工作。你们分头忙去吧，这里的事情由我和武局处理。"

蒋建良挥挥手，不再理睬他们，这基本就是下逐客令了。他心里确实有股气，县里出了这么大的事情，却没有一个人主动向自己汇报，陈德龙在电话中也仅仅是轻描淡写地提了一下，自己却又跑到广州去招商了。如果省委领导问起来，自己还真是丈二和尚摸不着头脑。他担任领导干部二十多年，对局面这样的失控还真是第一回，都说人一走茶就凉，现在却是人还在茶就凉了。凉就凉了吧，可千不该万不该，不该拿党的事业当儿戏！遇事推诿绕道走，生怕犯错误担责任，说穿了，就是怕得罪人，怕丢了头上的乌纱帽。

蒋建良长长地吁出口气，一转脸看到姚新敏右手包了纱布，渗有血迹，问："怎么回事？"

"刚才被铁门挤了一下，我……没动手。"

"做得对，那都是农民工，是……人民，不能动手，不能动手呀。看看那些农民工，能下得了手吗？"蒋建良有些动情，拍拍姚新敏的肩膀，转身说，"海泉，打不还手骂不还口，你做得对，完全对。下一步呢？"

"我想进去和他们谈，解决问题不能靠暴力，要依靠法律，不要激化矛盾，让他们放了李金斌。"

"你不怕把你也扣了？"

冯海泉摇摇头，鼓起勇气，说："蒋书记，他们也是想解决问题，没想到现在是骑虎难下。人在绝望时，往往会干出非理性的蠢事。矛盾不能激化，我们要主动找他们谈，而且要快，时间拖不起。"

"谈什么？"

"我想他们最关切的，一是姚永军的医药费，二是怕我们秋后算账。"

蒋建良点头，说："你进去谈意味着什么？"

冯海泉艰难一笑，说："没啥，为了解决问题，总要有人进去谈的。蒋书记，我也是农村出来的，我了解民工在想什么，他们决不是想造反，他们无非就是想生活得好一点，对他们公平一点。"

蒋建良心里一热，说："海泉，别考虑那么多，难道县委、县府还保不住你这么一个干部？马上告诉沈前进，我进去和姚达军对话。"

武一民大吃一惊，说："蒋书记，这不行，我们要对你的安全负责。"

蒋建良不耐烦地说："都啥时候了，还顾忌这顾忌那，我的安全没有问题，如果共产党的县委书记怕和农民工在一起，这不是笑话吗？"

武一民说："那也不行，不能开这个先例。"

蒋建良发怒地说："人命关天，没有这个先例，那么就从我这里开始。"

武一民说："蒋书记，让海泉去吧，他会谈妥的。我们授权。或者，我进去和他们谈。"

蒋建良斩钉截铁地说："不行，在这种情况下，你和海泉说话都不够分量。迟则生变，就这样定了。一民，你在这里掌握局面，不许进去。"

蒋建良说这话的时候，语气非常坚定，内心却有些悲凉。他清楚，和农民工对话，其实是把自己这个县委书记放在与农民工同等的平台上，打开了这个潘多拉盒子，意味着自己的政治生命提前结束了。但他没有丝毫犹豫，推开武一民快步走到铁门口，说："你是姚达军吧？

我看过你的先进材料。"

姚达军一时语塞，说："你是……蒋书记，你怎么也来了？"

蒋建良说："不是你请我来的吗，我能不来吗？"

姚达军掂出这句话的分量，汗水立刻从脸上淌下来，流着眼泪说："蒋书记，我们只想要医药费，我们不想闹事，我们也不敢闹事。我哥还躺在医院里呢！"

蒋建良温和地笑笑，说："我相信你说的是实话，我来也是为了解决问题，让我进来吧。我们谈谈，我是共产党的县委书记，是完全可以信任的，开门吧。"

姚达军流泪点点头，先让民工后退，缓缓地开门。蒋建良转身说："姚新敏，你跟我进去，其他的人都往后退。冯海泉，你在门口维持秩序，没有我的允许，谁也不许进来。"

说完，蒋建良走进了大树制衣公司的大门。

二十九

县常委会扩大会议在沉重而紧张的气氛中进行，秘书们轻手轻脚，常委们正襟危坐，连几个平时抽烟的常委也不敢大大咧咧地掏出烟盒，这一切都源于那位坐在正中央的不苟言笑的中年人。

这人四十出头，身材中等偏高，国字脸，脸色白净，眉宇开阔，两道粗黑的浓眉，尽管戴着玳瑁边框的眼镜，众人仍旧感受到镜片后面那灼人目光的扫视，显得局促不安。

他是湖嘉市委书记陆晓康。

大树制衣公司的风波平息了，社会影响面却非常大。陆晓康专程赶到嘉德县听取汇报，研究各项善后事宜。但参加会议的都知道，事情决不会这样简单收场，出了这么大的乱子，总得有人出来承担责任。换句话说，市委书记是来考察未来班子的人事安排的。

"在这次突发性事件中，有一名保安、六名民工受了伤，还有几个围观的受伤，所幸都没有生命危险，包扎后就回家了。民警中有两人受伤，其中一名腿部骨折，还躺在医院里，当时有人要焚烧李金斌的汽车，这个民警跑过去阻拦，被扫了一铁棍。"

"谁打的？"

"当时场面非常混乱，连监控设备也捣毁了，没有查到。"陈德龙小心翼翼地看看市委书记，继续说，"经过做工作，除了大树制衣公司，开发区的其他企业都恢复了正常生产，姚永军的医药费由县劳动部门和慈善协会协商解决，姚永军的合同纠纷，律师已经介入，姚永军本人也已经送市第一人民医院医治。"

陆晓康没有说话，也没有做任何表示。

"目前社会上有两种倾向值得注意。一是企业家的担忧，普遍认为政府对事件的处理轻了，尤其对几个为首的肇事者仅仅是批评教育，而没有动用专政工具，如果此风一开，他们将再无宁日。"陈德龙目光扫视两边，提高声音，说，"还有就是有些民工怕秋后算账，想离开武水。事件刚刚过去一个多月，后续效应已经在渐渐地出现。现在开发区用工开始趋紧，下一步可能会出现招工难。这真是一对矛盾。"

"我看有些民工想离开嘉德县，未必不是一件好事。"周涯环顾左右，说，"这几年有些企业腾笼换鸟的速度，跟不上县里制订的规划，为什么呢？除了思想上跟不上，另外一个因素是劳动力充足，没必要花那么多钱更新技术设备。现在，民工们要走，也许是实施腾笼换鸟的一个契机。"

"腾笼换鸟还可以有别的思路。现在进入企业的门槛太低，初中甚至小学学历都行，这样不行。"说话的是常务副县长于和，高挑的个子，宽阔的额头，大大的眼睛，戴着一副眼镜。他皱皱眉头，慢条斯理地说："在实施腾笼换鸟的过程中，除了提升技术设备，更需要的是提升民工素质，譬如，有针对性地开办各类培训班，动员他们参加学习。这样，不但可以减缓社会震荡的压力，也能让他们有更多的谋生技能。"

于和的话说得很委婉，但谁都听出了另外一层意思。陈德龙暗自点头，见周涯黑了脸，似乎有发作的模样，连忙咳嗽一声，说："于和同志的建议非常正确，在腾笼换鸟过程中，我们应该而且必须将民工的因素考虑进去。民工利益无小事啊。这事我们下次专题再议，今天不讨论。"

从蒋建良去省委党校学习的那一刻起，陈德龙就在思考怎样搭建自己的工作班子。虽然他热衷于创造新的政绩，但也是真心实意地想使嘉德县发展更快。在他眼中，周涯资格老、个性强，不易相处，特别是作为县政法委书记，必须要承担这次民工风潮激起的责任，相比之下，于和倒是个不错的人选，年轻，大学本科毕业，有基层工作经验，现在又是常务，接任县长也是顺理成章的。所以，他不露声色地和周涯拉开了距离。

"引发民工风潮的原因是多方面的，其中最主要的一条是我们工作的疏忽，没有防患于未然。这一点，我应该负主要责任。我不是作政治表态，我是应该负主要责任的。为什么这样讲呢？"陈德龙语调沉重，说，"建良同志去了省委党校学习，家里工作由我主持，我没有做好稳定工作，在事件苗头出现时，一民同志提醒了我，我只是做一般交代，没有引起重视，特别是没有从政治高度看待这件事，事件发生的时候，我不在现场，在广州招商，当然招商工作也很重要，这说明我的政治警觉性不高，我辜负了市委、省委对我的信任。我请求组织上给我处分。"

陆晓康点点头，脸上闪过一丝不易察觉的笑影，摆摆手，说："今天会议主要是总结经验，吸取教训，如何防患于未然，先不忙请求组织处分。如何处理是下一步的事情，组织上会全盘考虑的。大家还是要安心地继续做好自己的工作。"

陈德龙继续说："今天是常委会，又是民主生活会，我有啥说啥。我以为，建良同志不该进公司和民工对话，先不说这种形式是否妥当，就安全来讲也没有百分之百的保障，万一建良同志有个好歹，这社会影响可是不得了哇。"

会议开始时，蒋建良仅仅是说了几句主持话，以后就一直静静地听，这在常委会上是很反常的现象。现在，他听到陈德龙提到自己，就打算谈谈自己的初衷，还没有说话，周涯的声音又响了起来。

"我个人认为，引发这次民工风潮，县公安局副局长冯海泉、武水镇派出所所长张国华有不可推卸的责任，疏于防范，玩忽职守，在大是大非面前麻木不仁，一味迁就肇事民工的无理要求，特别是那个张国华，听说这个人黑道白道路路通。我以前专门对他说过，决策先问法，违法不决策。他倒好，在处理黑车司机时，竟然给他们漂白了身份，非法的都漂成了合法的，是谁给了他这么大的权力？这个人非处分不可！"

周涯这一嗓门，其实是再一次转换了会议主题。参加会议的都明白，今天不是讨论县管干部的升迁，尤其像张国华这种股级干部，是没有资格进入常委会讨论议程的。蒋建良脾气再好也忍耐不住，正要说话，武一民笑嘻嘻地开口了。

"周涯同志批评得对，我们局党委已经召开会议，冯海泉在班子会议上做了自我批评。海泉同志工作是努力的，责任心也很强，就是有点冲，遇事不够冷静，他也意识到了自己的缺点，下一步准备调整他的分管范围。至于张国华，下面是有些反映，我们也听到了，他是武水镇派出所所长，按照谁主管谁负责的原则，我们已经做了调整。"

"调整？什么调整？闹出这么大的乱子，还调整？照我看应该一撸到底！我看那个姚新敏就不错，当初就不该调离，现在该把他调回来，加强武水派出所的领导力量。"

武一民说："姚新敏是不错，关键时候就看出了一个人，守纪律，顾大局，而且敢冲在一线，这次就是他陪蒋书记进厂的。"

"我的看法正和你相反。姚新敏是不错，但他不应该陪建良书记进厂，出了问题，他能负责吗？"

武一民又一次陷入尴尬。蒋建良心里很恼火，怎么又一次谈到干部的调整问题，看来自己不表态不行了。他用写字笔轻轻地敲击桌面，沉稳地说："当时局面很混乱，为了防止失控，也没有那么多时间考虑个人安全，这件事不能怪具体做工作的公安同志。如果有责任，我来承担。我已经请求市委给予我处分。但我要强调，共产党的干部不能怕农民工，我们应该走到农民工中去，去了解他们的生活状况，了解他们的喜怒哀乐，为什么要怕他们呢？"

虽然蒋建良语调平缓，但仍含有掩饰不住的愤懑，旁人再也不敢出声。陆晓康微微一笑，说："大家都发言了，还有吗？那我也说几句。建良同志几次请求组织处分，态度是端正的，但我还是要批评建良同志在思想上有些右，事前没有察觉，事后不善于引导，酿成这么个事件，建良同志是有责任的。但现在不忙于承担责任，重要的是总结经验教训，下一步该怎么办。德龙同志……"

陈德龙站起来，说："陆书记，你有什么指示？"

陆晓康笑笑，摆摆手，说："坐下，坐下，我哪有那么多的指示，我和建良同志单独聊聊，接下去的会议由你主持，重点是研究如何抓好下半年的各项工作，尤其是要把在这次事件中的经济损失抢回来。"

陈德龙的心一下子拎到半空……

三十

"老同学，这件事的责任不全在你，你为什么要全部扛下来呢？"

陆晓康比蒋建良整整小十岁，十五年前，他俩曾经是省委党校的同学，十五年后，一个是县委书记，一个成了市委书记。由于有这层关系，两人说话也比较随便。蒋建良先喝口水，说："陆书记，我承认，我是有些软，或者说有些右，为什么呢？可能和我家在农村有关。爸妈是农民，我妹妹现在还在农村田里干活。我呢，农校毕业以后又长期从事农业农村工作，对农民工这个问题一直比较关注。不谈本地农村，就单说外来民工的处境，他们没有根基，进城以后两眼一抹黑，除了打工出卖劳动力，他们还有啥呢？所以，我的手是硬不起来。再说，现在有些老板也确实不像话，对待农民工时随意性太大，可为了发展经济，我们又必须重视这些企业家……反正我也该退了。"

陆晓康温和地笑笑，说："老同学，你好像还有话要说？"

蒋建良看着坐在对面的市委书记，说："我是有些心里话要讲。陆书记，你知道我最担心的是啥时候？"

"啥时候？"

"我最担心的是上世纪 90 年代中叶。"蒋建良激动地说，"那时，我在市农经委工作，农民不愿种田，大批农田抛荒，我的工作就是下乡动员农民种田。农民应该爱田，可农民为什么不愿种田呢？因为各种提留太多，连乡里造桥村里铺路，甚至是红白喜事都要从农民口袋里掏钱，这些杂七杂八的摊派，远远超过了国家任务，快把农民榨干了。有一个乡干部偷偷地告诉我，农民真苦啊。"

陆晓康内心震动，不自觉地点点头，都是过来人，谁都了解当时的严峻情况。他站起来，在办公室里走了几步，说："还有吗？"

蒋建良说："有。如果说那个关被我们闯过来了，那么今天的农民工问题，对我们来说，也许是一个更大的更为严峻的关隘。"

"不是也许，而是必然。为什么呢？因为那时的困难，仅仅是资金不够造成的困难，而今天我们面对的是资本的巨大能量。资金变成了资本，而资本是带血的，这就是我们面临的历史性抉择。"陆晓康转过脸，严肃地说，"建良同志，党内说话为什么要吞吞吐吐呢？我还是你的老同学，如果遇到不熟悉的领导，你就更不能敞开思想了。当然，这也不能完全怪你。关于你刚才提出的这个问题，我可以斩钉截铁地告诉你，先富带后富，最后达到共同富裕，包括农民在内的全体共同富裕，这才是走社会主义道路。所以，在今天城乡一体化的大潮中，让农民进城，让农民进好城，是我们共产党人的历史责任。这是又一次赶考啊。1949 年进北京前夕，毛泽东主席提出了共产党人的赶考课题，其实这几十年来，我们党一直没有停止过赶考的脚步，一张试卷完成了，新的试卷又来了。城乡一体化，将广大农民带入现代化，是一张大试卷，也是开天辟地的伟大事业，我们共产党人应该有这样的历史担当。"

陆晓康说到这里，拿杯子喝了口水，在将杯子放回茶几时，抬头看到墙上的镜框，阳光从窗户射进来，正好打在玻璃上，映得那字格外醒目。陆晓康站起来，饶有兴趣地念出声来："天下之患，最不可为者，名为治平无事，而其实有不测之祸。"他念了两遍，回头说，"是苏轼的《晁错论》吧，怎么想到挂这幅字？"

"两年前去省城开会，省农委的老领导送我的。"

"字写得有血有肉，文更有危机忧思情怀，不错。"陆晓康笑了，这一瞬间，他想到了在参加一次高端论坛时，一位教授提出了"进城农民工的第二代是社会革命的中坚力量"的观点，脑海里不知道闪过多少想法。他这次到嘉德，除了重点关注风潮事件后的余波和走向，也含有考察下届县四副班子尤其是主要负责人的目的。刚才嘉德县常委会给他留下深刻印象。他转了话题，问："你对下步工作有什么想法？"

蒋建良说："尽管我向民工承诺，决不搞秋后算账，希望他们能放下顾虑，安心上班，可是还是有一部分民工走了。他们倒不是担心政府，而是担心老板报复。有些民工说，老板报复而政府又管不了，他们怎么办？留下的民工情绪也不稳，他们现在不走，是想撑到年底拿工资回家，如果环境好再回来，否则就去别的地方打工。"

陆晓康点点头，看着蒋建良沉重的脸色，没有说话。

"企业也担心，这样下去，明年开春恐怕会出现用工荒。订单如果不能按时发出，违约罚款会造成损失，真是一对矛盾。"蒋建良搓搓手掌，叹息说，"归根到底，还是一个如何构建和谐劳动关系的法律问题。从目前情况看，民工太弱势，老板又太强势，什么合同，说穿了就是个雇佣关系，让你干你就干，不让你干就卷铺盖走人。一旦出现纠纷，政府的调节能力非常有限。当然，也不能否认有些干部的屁股坐歪了。"

陆晓康轻轻地说："你说得对，在任何时候，资本都是逐利的，《资本论》的主要观点没有过时。合同双方的权利、责任和义务不对等，这确是问题的症结。我们应该大胆地承认，劳资双方的矛盾是建立在利益基础上的，现在，只有通过政府的努力和调控，才能够避免劳资双方矛盾的激化。这是我们政府的责任。至于有些干部屁股坐歪了，那是和他们的政绩观有联系，这需要加强教育。还有呢？"

蒋建良惊异地看看对方，说："现在民工数量越来越多，地域也越来越广，以前我们采取过民工区域自治的办法，有效，但也有弊，一旦同一区域的民工抱团结伙，也会构成新的社会隐患。"

陆晓康点点头，目光一闪，说："老同学，你想得很透呀。为政不易，求治艰难，古今同理。尤其是我们处在社会大变革的阶段，现在又是信息时代，为政更加不易。快说说你的想法。"

"要加强党的领导。这绝不是老生常谈。"蒋建良咬咬牙，恳切地说，"陆书记，农民工进城务工，不仅仅是经济问题，还是个政治课题。政治课题就要有政治思维。有不少民工在家乡就是党员，我们要创造条件，让他们回归组织。"

"我懂你的意思了。民工村一定要建立党组织，这是求治的根本。你说得对，就按这个思路去探索。"不等蒋建良说完，陆晓康摆摆手，严肃地说，"这就是矛盾，哪里都有矛盾，人类社会就是在相互制约中前进的。老同学，不要老是想着让贤呀，退居呀，那是组织上考虑的问题，不是你该考虑的。你看看今天的常委会，不觉得有些反常吗？"

蒋建良默然会儿，说："有的同志有情绪，也能理解。"

陆晓康正色说："能理解？老同学，你错了。一把手是班子的主心骨，发扬民主是应该的，但在原则问题上态度必须鲜明。我可以告诉你，心术不正的人不能当一把手。党的干部任何时候都必须坚持以人民利益为中心，不能打个人小算盘。我看那个周涯，不但不能当县长，留在本地还会兴风作浪，我会向组织部门提出，安排他到邻县政协去担任副职。"

蒋建良骤然变色。他明白，这次调动决不会仅仅是周涯一个人。陆晓康笑笑说："怎么，不忍心？当一把手就要敢于碰硬，该决断时就必须决断，该调整时就及时调整，这不是什么个人恩怨，这是为了党的事业。老同学，说句掏心话，你是有些软，这就是为什么我可以当市委书记，而你只能当县委书记。这次交心就到这里，去看看同志们，他们也该等急了。"

陆晓康和蒋建良进入会议室。陈德龙刚想汇报会议情况，陆晓康摆摆手，说："快过1点了，大家都饿了吧。我还要赶回市里，就简单地说三句话。"

"第一句话是，市委、市政府对嘉德县委、县政府的工作总体是满意的肯定的。现在时间过半，任务过半，希望大家克服困难，合舟共济，继续努力工作，一定要完成和超额完成全年的目标任务。

"第二句话是，要提高政治站位，不要自己打垮自己。什么'塔西佗'陷阱，你工作干好了，人民群众怎么会不满意呢？现在形形色色的理论陷阱很多，我们一定要提高警惕，决不能让这些理论陷阱，摧垮我们各级干部的心理防线。

"第三句话是，"陆晓康的声音逐渐严肃起来，眼睛里射出一股威严的亮光，看着众人加重语气，说，"加快城乡一体化步伐，实现全体人民包括农民工在内的共同富裕，是我们党在新时期提出的伟大任务。现在形势很好，困难也不小。大家都是领导干部，一定要树立干在实处、走在前列、勇立潮头的雄心壮志。在农民工进城的问题上，我们共产党人要有历史的担当，要经得起历史的大考。"

陆晓康说完，微笑着和大家一一握手，走出会议室。蒋建良目送陆晓康的车驶出县府大门，消失在视野里。他回转身，正想说几句，见武一民听着电话脸色变了，忍不住问："一民，出啥事啦？"

武一民说："蒋书记，刚刚接到报告，说有一个女子被杀死在御龙湾小区的别墅里……"

三十一

沈军被抓了。

上午十时左右，姚达军在店里正忙着准备中午的菜肴，黑妹脸色煞白地跑进来，惊慌地说："姚老板，那小崽子被公安抓了。"

姚达军一时没有反应过来，问："小崽子？哪个小崽子？"

黑妹说："还有哪个，就那个傍富婆的小崽子，老沈大哥的侄子，瘦得像猴的那个。"

姚达军霍然变色，说："黑妹，别瞎说，就你这张破嘴。"

黑妹说："明华刚打电话给我，说他亲眼看见那小崽子被抓，还说小崽子正在值班，看见警车在门口停下就想自杀，头刚撞破玻璃，满脸是血，人就像只小鸡被逮了。"

不等黑妹说完，姚达军说："黑妹，店里的事情你照看一下，我去去就回。"

姚达军将围裙朝黑妹一扔，围裙在空中飞舞，落下来罩住黑妹的脸庞，等黑妹拉下围裙，人已经走出一大截。姚达军心急火燎地推开沈前进家门，看到沈大为双手抱着脑袋，蹲在地上一言不发，像傻了似的。

姚达军问："大叔，怎么回事，我刚听说。"

沈跃进用脚跺地，说："嗨，我们农民工怎么那么倒霉，偏偏会摊上这种倒霉的事情！"

沈前进火爆地把桌子一拍，说："这事和农民工扯不上号，哥，要怪就怪你没有教育好。我早就告诉过你，沈军在外面和女的鬼混，让你管管，实在管不住就让他回老家去，省得在这里丢人现眼，可你就是不听，现在怎么样？闹出了这种丑事，让我们的脸往哪里搁！我们就是干活的命。小军也真是，跟那种女人玩玩就可以了，还真当回事了，现在玩出了人命，神仙也没辙。"

"现在说这种话还有啥用，叫你回来是想想办法，不是叫你来埋怨人的。丢你的脸？你的脸能有多大，一张纸画个鼻子，真是好大的脸。不说人话，滚出去，不要再踏进我的家门。"沈大为突然从地上蹿起来，浑浊淡黄的眼珠发出一道毫光，说，"什么这个女的那个女的，说到底，当初我们就不该进城，不该让小军到这个花花世界里来。他懂啥？他明白啥？是我们错了，可现在说啥也晚了。小军，是爷爷把你害了。"说完，捶胸顿足痛哭起来。

姚达军尴尬地看着痛苦至极的沈大为，一时间也不晓得该说些啥。沈前进把他让进屋里，说："这事你也知道了，咳，真没有想到会出这样的事情。"

姚达军安慰说："我也是刚听黑妹说的，开始我还不信呢，既然事情出了，现在急也没有用，还是想想办法吧。那个女的是谁？"

"听说姓周，就是那个美容店的女老板，也不知道小军和她是怎么回事？"

沈跃进手哆嗦着，断断续续地说："小军贪图舒服喜欢享受，这我都知道，可说他杀人，他没有这个胆量，在家里连只鸡也不敢碰，这会儿怎么就杀人了呢？借他十个胆子也不敢，会不会是被人冤枉了？不行，你去派出所问问清楚。"

沈前进甩手想出门，被姚达军伸手抓住了。经过他哥的那场风波，他遇事冷静了许多。他说："老沈大哥，现在去，你见不到人，即使弄错了，小军自己也会说清楚的，你去了没用。再说，你说小军不会出事，证据呢？如果人家反问你，你怎么回答？"

"那……你说该怎么办？"

"先想想办法，把事情弄清楚再说。前进，你马上打电话给荷花，张所长肯定了解内情，或许可以探出些口风。"

西边天际几抹嫣红的光华还停留在小区对面的尖楼上空，张国华已经扭转钥匙，推开了家门，里面立刻传出女儿小丽欢快的声音："爸爸，外婆，爸爸回来了。"

随着欢笑声，小丽的身体飞快地扑了过来，正好骑在张国华的肩头上，父女闹个不停，赵荷花在一旁笑着说："张同志，小丽早就在等你，刚才还问我你啥时回来，想躲在门后吓唬吓唬你。"

"哦，"张国华手一使劲，将女儿从肩膀上滑下来，轻轻地揪住耳朵，说，"又想啥坏主意了。老是想欺负爸，说。"

小丽咯咯咯地笑了，说："不告诉你，就不告诉你……"

看着张国华和女儿戏昵打闹，赵荷花在心里说："咳，张同志已经有好些日子没有这样开心了。"

这段日子，张国华情绪确实不太好。"民工"风波虽然平息了，后期社会效应却在逐步扩大。县委批评县公安局处置不力，酿成了偌大个群体性事件。武一民在县委常委会议上做了检讨，然后层层往下追责，冯海泉虽然还担任副局长，却已经不是常务，他被下派到武水派出所兼任所长，主持纪律整顿；有人反映，在处理黑车事件中，张国华采用不正常手段，他被停职检查，一下子成了闲人。

赵荷花笑呵呵从张国华手里接过小丽，说："张同志，小丽该洗澡了，水我放好了。"在接过小丽时，赵荷花说，"张同志，听说沈军出事了，就是老沈家那个小子，究竟怎么回事，你听说了吗？"

张国华心里一震，脸色却没有显露出来，说："赵阿姨，这事我也听说了，那是刑侦大队办的案，具体情况不清楚。"

"听说是人命官司，你说这人会枪毙吗？"

"这要看具体案情，我不知道，知道了也不能告诉你。我们是有纪律的。对了赵阿姨，你告诉老沈家，可以请律师提前介入了解案情。"

"哦，请律师，请哪个律师比较好？"

"郑东民，我听说郑东民业务能力比较强。"

"那……请个律师要花多少钱？"

"这个……真不知道，或者告诉他们请求法律援助，那就不用花钱了。"

……

正说着，单玉华脸色不快地推门进来，她换了鞋，将手中拎着的一个塑料袋递给赵荷花，说："赵阿姨，这是我路过菜场买的沼虾，你去收拾一下。"

赵荷花答应一声，接过沼虾袋走进厨房。张国华随着妻子进入房间。单玉华一面换衣服一面问："听说御龙湾小区发生人命案，是真的吗？"

"是真的，死者叫周彩芹，美容店老板娘，你认得吗？"

"认得，我到她店里去做过美容，她还是县里的'三八红旗手'呢。上个月我们妇联搞全县文明创建征文活动，我去找过她，她是赞助人。案情查清楚了吗？"

张国华将门关严实，压低声音说："案件非常清楚，凶手是沈军。"

"沈军？就是那个沈前进的亲戚，怎么会是这个小子？"

"嗨，这件事详细说起来，还真可以写部小说。那沈军也是昏了头，也不想想这里是啥地方，他还以为是 19 世纪的欧洲呢。"

张国华告诉妻子，沈军和周彩芹有染，当初在九尾狐娱乐城，自己曾经训斥过沈军。那个周彩芹与前夫认识后结婚，生了一个儿子，后来丈夫有外遇，两人就分居了。由于不想让家里财富流失，以后要全部留给儿子，所以没有办离婚手续，两人还保持着名义上的夫妻关系。半年前的一天下午，周彩芹在小区门口碰到沈军，交谈几句以后感觉不错，就带他去了麻将室，当夜去KTV唱歌跳舞，后来就上了床。从那以后，沈军被周彩芹包养。虽然沈军只有二十一岁，周彩芹已经三十五岁，但沈军没有拒绝。高中时，沈军看过《俊友》和《红与黑》这类小说，他把自己想象成了成功的杜洛瓦，却没有想到于连的悲惨结局。他希望通过周彩芹改变自己的命运，过上他心目中的理想生活。

单玉华皱皱眉头，说："什么乱七八糟的……怎么会闹出人命案子呢？"

张国华说："逢场作戏能有几分真情实意，哪晓得……周彩芹怀孕了。"

单玉华吃惊地说："周彩芹怀孕了？"

一个月前的一天下午，沈军休息，去周彩芹家找她喝茶，周彩芹愤怒得像头狮子，狠狠地扇了个他一个耳光。沈军听说周琴怀孕了，却非常高兴，立刻提出要和周彩芹结婚。周彩芹原本是闲得无聊找他玩玩，根本就没有结婚的想法。她明白，这件事一旦传扬开去，面子都丢尽了。她羞恼交集地痛骂沈军，将他赶了出去。后来，沈军几次去找周彩芹，都没有见到，连手机也不接。沈军去娱乐城消费，被告知不许记账，这使他非常愤怒，产生了报复的念头。前天夜间，沈军看到周彩芹和一个女友在店里喝咖啡，没有直接去找她。他有周家的钥匙，便偷偷地进入了周家。夜深时，周彩芹回来，沈军突然从卧室窜出。周彩琴告诉他，孩子已经处理掉，让他马上滚，否则要报警。沈军的眼睛顿时红了，上前将周彩芹按倒掐死在床上，又洗劫了钱物，临走时，还将一瓶香水倒在地毯上……

单玉华沉默了会儿，说："刚才我听到赵阿姨在问你情况。赵阿姨老是给这些人传递消息，也不是个办法，迟早会给我们惹麻烦，我看，到年底多给些钱，就让她走吧。"

张国华说："你妈能同意吗？"

单玉华想了会儿，慢慢地说："合适的人总会有的，我们多留个心，慢慢物色吧。"

三十二

西北风进城了。枯黄的树叶漫天飞舞，街道上的马路刚刚清扫完，一会儿又铺满了青黄色的枯叶。这些枯叶在行人的脚下发出"沙沙沙"的声响。

元旦前夕，沈军故意杀人案开庭。国徽高悬，透出无言的威严。审判大厅里，坐满了旁听者。

沈大为一家早早就赶到了法院，但没有能够进入审判大厅。为了防止家属情绪激动失控而发生意外，所有的直系亲属都被带入到另外一个会议室，那里有个大的电视屏幕，可以观看到审判的全过程。

沈大为呆呆地坐着，望着电视屏幕的固定画面发愣，他不知道自己是怎么被人扶着糊里糊涂地进入会议室的，只觉得浑身发软，似乎有些坐不稳，他倚靠在椅背上，眼泪却控制不住地淌下来。

忽然，固定画面活动起来，随着镜头的摇曳推拉，他看到了神色庄严的法官，看到正襟危坐的公诉人，看到敛容收息的旁听者，最后看见了脸色苍白的沈军……

"咦，怎么没有律师，法院不是说可以提供法律援助吗？"

正议论时，屏幕里响起了法官的声音，大家不约而同地把目光投向了屏幕。

在公诉人提起公诉以后，法庭进入辩护辩论阶段。在难忍的沉默以后，沈军开口了。

"尊敬的法官，尊敬的公诉人，各位旁听者；在这法庭上，不是没有律师为我辩护，我要感谢法院，法院向我提供了律师帮助，但是被我谢绝了。刚才，公诉人的起诉完全属实。所以，无论法庭怎么判决，我都不会有异议，因为，我杀了人，杀人就应该偿命，即使不偿命，我的心也死了。既然心死了，我还会需要律师吗？"

大厅内一片静寂，甚至能够听得见墙上时钟发出的"嘀嗒嘀嗒"的声音。

"在监舍里，通过管教的教育，我进行了深刻的反省，我是有罪的，我的手段是不正当的，我对社会是有危害。今天将我绳之以法，完全是我咎由自取，怨不得旁人。我是一个农民工子弟，但是和我同样环境的农民工子女有许许多多，他们有的进厂当工人，有的自谋职业踏三轮车，有的摇旗呐喊做了导游，他们生活得都很快乐，至少是正常的生活，只有我今天站在被告席上，接受法律的制裁。用公诉人的话来形容，就是我的三观严重扭曲，没有正确的人生观，好逸恶劳，贪图享受，导致自己走上杀人抢劫的不归之路。我对此深刻反思，认罪伏法。我甘心情愿地接受法庭对我的一切判决。无论结果如何，我都不会上诉。但是，扪心自问，我沈军难道天生就是一个杀人犯吗？不，小时候，我戴上了红领巾，也有过美好的理想。我奋斗过，我也努力过，可渐渐地我发现，无论我怎么努力，都是没有用的。因为，我从出生那一天起，我的命运就已经被固化。我们只能在民工子弟学校上学，我们只能在城市里打工，做一些城里人不想做或者是不愿做的脏活、累活、苦活。我越来越感到，城市收留我们，没有给我们温暖，只是为了培养打工仔。"

沈军停顿一下，说："我爷爷进城以后，靠捡垃圾、送水生活。我父亲进城以后，穿着红马甲，当上了保洁员，每天刮风下雨扫大街，而收入有多少呢，相比较那些坐在办公室里的管理人员，年薪就不说了，冬天吃火锅，夏天还分西瓜，我父亲有啥呢？除了大热天领导慰问时送几瓶冷饮外，还有别的慰问品吗？没有。但是对这样的生活，他们不但心满意足，而且还要我接过他们手中的扫帚，可我不是他们的同辈人，我不甘心再过这种困苦的生活，谁也没有权利让我们这些农民工的后代，再过他们祖辈父辈同样的生活，最起码我不认命！"

法庭内一片喧哗，大厅内发出"嗡嗡"的声音，审判长按下了长长的警铃，人们的情绪才渐渐地平息下来。

沈军长长地吁出口气，继续说："刚才公诉人把我杀人原因归纳为'受资产阶级思想影响、平时好逸恶劳、游手好闲'。虽然这些都是陈词滥调，可这顶帽子套在我的头上也合适。我呢也认可。我承认，我动机不纯，我鬼迷心窍，结果是害人又害己。但是我还是要说明，我没有一个真正的城市户口，我们从出生那一刻时就被定格了。中学时上语文课，读到'士无贤与不肖，在与处所耳'这句话，很不明白，后来我慢慢地懂了。在不同的环境下，一个人的待遇是截然不同的。不信？领导的子女大都进了机关，老板的子女成了'企二代'，工人的儿子还在企业做工，而我们农民工的儿子呢，无论身份怎么样变换，还是农民工。这是谁也无法否认的事实。"

沈军的语调渐渐地变得凄厉、激愤，说："尊敬的法官，其实，我也不是一生下来就是恶人，我也想通过自己的努力来改变命运，我也懂得读书学习是改变命运的唯一途径，我也参加过普法教育。可是，我最终还是走上了犯罪道路。为什么呢？因为我觉得我所接受的教育和现实生活之间的反差实在是太大了。就拿受教育来说，我们没有本地户口，只能在设施简陋的民工子弟学校里上课。没有优质的教学资源，天知道能学到多少知识。进一步讲，那些天价辅导班我上得起吗？有一次，我数学考试在班级里考了第二名，爷爷很高兴地告诉别人，可隔壁邻居说，这样的考试成绩在县实验小学里只能垫底。是呀，我们的成绩，使我们无法考入普通高中，况且高考还是要回到原籍去考的。在这里，我们连参加考试的资格都没有。都说人生而平等，可我和你法官的子女能平等吗？"

沈军说到这里，看看大家，提高声音说："我绝没有为自己辩护的意思，因为我是有罪的。一开始，我是想通过傍富婆来改变命运，而且我也付出了真感情。但是我想错了，我真的错了。我发现，周彩芹把我当成了一条狗，我只是她的玩偶。她既然有权杀死我的孩子，我当然也有权杀死她。在这一点上，我是罪犯，但不后悔。今天我站在法庭上，我还是不忏悔。杀人应当偿命。我也不希望法庭的宽恕，我恳求法庭能判我死刑，即使法律宽恕我，给我自新之路，我也不原谅自己。我是杀人犯，我决不苟且偷生。在你们眼里，我是反面教材，而在我自己看来，我只是一具失去了灵魂的躯壳。因为我的心已经死了。但是我希望你们思考，为什么我会变成反面教材？

"我最对不起的是我的爸爸妈妈，我的爷爷奶奶，我死了，在别人眼里不过是死了一条狗、一只猫，甚至比猫狗还不如。但他们会非常伤心的。我也很后悔，当初为什么没有勇气自杀，弄得今天站在这里丢人现眼……"

法庭进入暂时休庭。大厅陷入一片沉默。沈大为指着屏幕，哆哆嗦嗦地说不出话，一下子晕倒在椅上。大家一阵忙乱，掐人中的，喂开水的，抚胸捶背的，好一阵子沈大为才缓过气来。他拍拍椅子的扶手，连连说："作孽呀作孽，人心不足蛇吞象。自己不学好，还强词夺理怪这怪那，比比我们以前在山沟沟里的生活，你有啥可埋怨的。你呀，嗨，毁啰。"说完，眼泪止不住地流下来。

大家纷纷劝慰沈大为，谁也没有想到在法院的另一间小会议室里，蒋建良戴着墨镜，坐在那里看审判。当听到合议庭宣布"判决沈军死刑、缓期二年执行"后，他在桌上的一张白纸上写了"罪有应得、值得总结"八个大字，然后一言不发地走出房间……

三十三

　　连续四天四夜的暴风雪，几乎活埋了江南水乡的这个小县城。到处是雪，地面上是雪，屋面上是雪，树梢上是雪，就连河面上也是皑皑白雪。寒峭的西北风，刮得河底都冻住了，空中的水珠落到地面，成了滑溜溜的冻雨。一些地方志研究人员翻阅县志，除了明正德年间有过这么一次雪灾冻雨外，现在是第二次。那次县志上记载饿死冻死一千多人，这次又会怎么样呢？

　　县城对外交通基本断绝，高速公路封道，铁路停运……根据天气预报，暴风雪、冻雨仍将继续，可在高铁站、火车站和汽车站内，滞留了大批的农民工，还有许多到嘉德换乘其他车辆的中途旅客，他们都是要急着赶回家过春节的。

　　站在五楼的办公室里，望着灰蒙蒙的天色，蒋建良心急如焚。前两天，他已经让两办发出几个紧急通知，要求全县所有的机关、企事业单位工作人员必须全部上街参加扫雪，保持县城内外交通出行基本通顺；让新到的代县长何志林主抓节日市场供应，确保人民群众基本生活用品得到供应；他还成立了县特发事故应急小组，自己担任组长，副组长有常务副县长和公安局长，组员由各镇、街道和部门的一把手组成。他想到春节临近，在特大天灾面前，必须将维护社会稳定作为重中之重，决不能让天灾演变成"人祸"。

他的目光停留在省委、省政府两办发来的电报上，电报内容很简单，要确保滞留在各地的民工（旅客）过上一个吉祥、欢乐、和谐的春节。文字不多，却字字重如千钧，犹如泰山压得他有些透不过气来。他明白电报背后的重大含义：天公不作美呀。现在这么多民工、旅客滞留在旅途中，吃穿住用都不比在家里。特别是春节期间如果不能回家与亲友团聚，肯定憋有一肚子火气，万一有个导火线，事态的发展就会超出我们的想象。重大事件、人口集聚和突发因素，历来是构成重大公共事件的三大要素。在中国漫长的历史里，这样的教训实在是太多了。蒋建良忧心如焚，现在离大年三十还有整整十天，谁能料到这十天会发生多少意外呢？

在两天前召开的县委常委紧急扩大会议上，面对全县各乡镇各部门的主要领导，蒋建良声音沙哑低沉，晃动手中的一沓纸，说："看了这些情况报告，我是觉也睡不着呀！现在省、市委都有指示，我们必须无条件地坚决执行，谁也不许讨价还价。现在，我代表常委会宣布五项决定：第一，各镇、街道和部门要腾出所有的空间，让滞留的民工居住；第二，所有民工滞留期间的食宿、医疗全部免费，你们还要派出工程人员，为滞留居住地的民工安装电视机和空调；第三，全县所有的文艺团体都要到有滞留民工的场地去演出，这件事由宣传部、文化局、文联负责，所有的机关事业单位也都要对滞留民工进行慰问，以转达党和政府对滞留民工的关心。"

蒋建良的声音渐渐地严肃起来，说："第四，各镇、街道要组织人员到企业，对春节没有回家过年的民工进行上门慰问，赠送慰问品。还有，也是最关键的一条，对滞留民工的情况，各村、社区要做到随时汇报，各镇、街道要两小时一汇总。民工如果在生活上发生困难，要尽最大努力，在第一时间帮助解决。我们一定要让滞留民工过一个吉祥、欢乐、和谐的春节。什么叫政治？让农民工过好年，这就是最大的政治。

"不要和我讲什么困难，有困难你们自己想办法解决，也不要向我诉苦，说没钱办事。我不想听任何借口。"蒋建良的眼睛里射出一道刺人的光亮，甚至还含有几分杀气，将台子一拍，大声说，"如果有谁觉得自己干不了的，可以，现在就提出来，我马上换人。权力不是板凳，权力是让你干事的平台。有没有？没有，那好，我听大家的好消息。散会。"

现在，时间又过去了两天，雪灾冻雨还没有消停的迹象。据武一民反映，越是临近春节，滞留人员的情绪就越焦躁，高铁站的候车大厅里，一些河南民工和贵州民工发生了口角，差点打起来，原因仅仅是为了争夺一块塑料地毯，辛亏在现场办公的代县长何志林及时劝阻，否则还不知道会怎么闹呢！想到这里，他转身喊了一声："小顾，走，看看去。"

蒋建良一行走出县府大楼。雪伴随着咆哮的北风，依旧在乌蒙蒙的空中飞快地奔涌，雪花似乎不是在轻轻地飘落，而是凝结成大团大团的雪球，一个劲地往下抛。还不到下午两点，天色就暗了，堆积在马路两旁的雪散发出蓝色的幽光，除了几辆来来回回的扫雪车，路上没几个行人。蒋建良先来到县府对面的广电总台大楼。广电总台的排演大厅、食堂、健身房都腾了出来，成了滞留民工的居住地。陈苏在台里坐镇。陆俭明在总编室里审读各镇、街道广电站记者传过来的新闻稿件。蒋建良稍微问了情况，又赶到不远处的体育中心，那里有全县最大的室内篮球场和羽毛球馆，已经接收了大批滞留人员。他没有走进场馆，在办公室里调看视频，问了滞留人员的生活用品保障情况，特别关照要注意滞留人员的情绪，尽量组织他们开展各类文体活动。这时，他听到顾越岷的声音："蒋书记，时间不早了，还看吗？"

"看，去高铁站候车室。"

"那，我调车吧。"

"瞎扯，路面都结冰了，这车能开吗？"

"路太远了，我已经让住建局调扫雪车过来。"

蒋建良一听是"扫雪车"，不再说啥，他也确实有些累了。出了办公室，门口停了辆黄色的扫雪车。蒋建良和顾越岷勉强挤进车厢，说："师傅，去高铁站。"

雪，下得更大了，前面灰蒙蒙的，尽管开了车大灯，视线也只能看四五米远。扫雪车提心吊胆地向前爬行，二十分钟后驶入高铁站广场。白雪皑皑见不到人影的空旷的广场上，停着一辆大巴车。蒋建良从车窗往外看，见张国华身披棉大衣，站在大巴车的不远处不断地跺脚，心中不由得一热。他知道，大巴车里是满满的防暴队员，是为了应付突发事件而临时布置在广场上的，张国华站在风雪中，是为了确保手里的通讯设备随时和外界保持联系。蒋建良说："小顾，我们去候车室。"

推开厚厚的棉帘，一阵热浪夹着酒味、葱蒜味扑面而来，接着进入耳膜的是嘈杂的人声。蒋建良目测一下，候车室内滞留了大约四百多人。整个候车室被分割成八个区域，每个区域都坐满了人，除了人群，还有大包小包堆在一起。区块和区块之间，或者是文艺小分队在表演节目，或者是医务人员在免费诊疗，还有许多党员干部也穿着志愿者的红马甲，在耐心地和民工交流。他看到冯金明、姚新敏在人群中穿梭，也看到了许多熟悉的公安民警的面容，有些还换了便衣，在为老人小孩倒水、送食品。很明显这是精心安排的，万一民工间发生争执，志愿者队形变动，就成了间隔的屏障。尽管这样，蒋建良还是听到了骂声、哭声和埋怨声，使他感到欣慰的是，这些骂声大都是冲着恶劣天气去的……他在人群中小心翼翼地穿行，感觉到自己就像是一叶小舟，穿梭在惊涛骇浪间，强烈地感到这惊涛骇浪的汹涌和强大。但他依旧微笑着不停地和认识的或者不认识的人打招呼，叮嘱大家注意防寒保暖，并且承诺政府一定全力以赴提供帮助，让大家安全返乡过春节。

"蒋书记。"

人群中有人喊他，是姚达军和他的家人，旁边还站着许建国、黑妹和孔华明等。蒋建良走近说："是达军呀，你也回家过年？"

姚达军点点头。

"你哥身体恢复得还好吗？"

"我哥好多了，前些天他就回去了"。

蒋建良又问："达军，过完年什么时候回来？"

"我还没有想好。"

"蒋书记，其实我们原本是不打算走的，说句实话，我们也不知道该去哪里过年。"说话的是姚达军的父亲姚善强，后面跟着默默流泪的陈冰。姚善强用棉袄裹裹身体，耸耸肩头，说："可这么一闹，我们还能待下去吗？"

蒋书记蓦然记起，姚达军一家是来自三峡库区的，现在他们能回哪儿去呢，难道就这样让他们冰天雪地投亲靠友地去过春节？他心中难受，眼里闪着泪花，一把握住姚善强瘦嶙的双臂，动情地说："老姚大哥，这大风雪天，你能去哪里过年呢？你们不要走了，不要走了，就留在嘉德过年吧，缺啥有政府帮助。我也不能放你走，你们为国家挑担子来到嘉德，怎么能就这样让你们走了呢？我向你保证，事情已经过去了，政府决不会搞秋后算账，我们共产党是为人民服务的，说话算数的。在任何时候，我们共产党的干部都不会忘记这个宗旨。冯海泉——"

人群中跳出冯海泉，说："蒋书记，有啥指示？"

"等风雪稍缓，由你负责，将老姚大哥安全送回家，一定要让他们在嘉德过好年。达军，将火锅店开起来吧，大年初一我带人来吃火锅。"

蒋建良后退一步，望着围拢过来的民工，大声说："民工同志们，春节快到了，大家都想回家，我能理解。我祝大家过一个好年。同时也希望大家早点回来，你们是嘉德的建设者，你们是城市发展的生力军，你们是推进城乡一体化的有功之臣，你们是我们的兄弟，在任何时候我们都欢迎你们回来，我一定到车站来接你们……"

在接下去的日子里，蒋建良一直住在县委值班室，时刻关注天气预报，关注民工的动态。风雪渐渐地停了。年廿三是小年，下午，最后一班民工列车发出，他特地赶到车站送行。望着渐行渐远的列车，他感觉人有些虚脱，连忙用手抓住扶栏。这时，他听到顾越珉在耳边说："蒋书记，这是各部门刚汇总上来的数据，这些天共多支出四千一百五十万。"

蒋建良愤怒地将手一摆，说："小顾，现在不要跟我讲钱，我不想听这些，通知下去，一小时以后开常委扩大会议。"

三十四

常委扩大会议进行到一半，蒋建良在讲话时突然觉得胸口作疼，一会儿脸色发白汗流下来，县委办公室立刻派车将他送进了县第一人民医院。

诊断很快出来了，蒋建良患的是缺血性心肌绞痛，根据医嘱，需要绝对卧床休息。县卫生局长建议蒋建良去省城第一医院做进一步检查，被他拒绝了。他对大家说，不要大惊小怪的，这是老毛病了，二十年前在当工业局长时就有过心绞痛，后来吃了一段时间的丹参滴丸就再也没有发过。这几天可能累了，休息几天就好了。可是用药以后，蒋建良的心肌绞痛有所缓和，但还是气闷，仿佛胸口压了块大石头，不能顺畅发呼吸。后来又做进一步检查，发现颈动脉血流量只有29，并伴有心血管严重粥样硬化，需要做心血管造型检查，可县医院没有心血管外科，市委决定送蒋建良去省城住院。

午后，蒋建良午睡醒来。顾越珉走进病房，告诉他说，医护车已经停在外面等候，几位送行的领导也来了。蒋建良皱皱眉头，说："不就是去省城医院装个支架，一个微创手术，值得这样兴师动众吗？这样吧，你让何县长进来，我有工作要交代。"

半分钟后，代县长何志林走进了病房。两个月前，陈德龙调任市经信局，市发改局年轻的副局长何志林成了嘉德县的代县长。自研究生毕业以后，除了短暂的去乡镇挂职，何志林基本上在市委政策研究室工作，两年前调发改局。他个头中等偏高，脸庞圆润，戴着一副近视眼镜略含笑意，显得文质彬彬。看着精神欠佳的蒋建良，他心情十分复杂。他是真不希望蒋建良走。自己到嘉德时间不长，情况也不熟悉，县情又比较复杂，能挑起这副重担吗？他真挚地说："蒋书记，希望你能早点回来，我还年轻，工作上不成熟，很需要你把关呀！"

蒋建良看出何志林这番话是真诚的，心里很高兴，作为县委书记，他有自己更深的考虑。他知道，在两个月以后召开的"两会"上，自己将进入市人大常委会担任常务副主任和党组副书记，即使从嘉德县稳定角度出发，自己还担任县委书记，那时间也不会太长了。所以，为了嘉德的长治久安，有必要让年轻的同志挑重担，而自己最多是"扶上马、送一程"的责任。自己必须要摆正位置，让何志林尽快地了解全面情况。

蒋建良笑着说："志林同志，我们都是从年轻时过来的，年轻是优势，精力充沛，思路活跃，敢于拼搏，一天工作十八个小时都不觉得累，我很羡慕你们年轻人。年轻怕啥？锻炼几年就成熟了。再说上面有市委、市府领导，下面有各乡镇部门班子，只要依靠群众依靠党，什么工作都能做好。"

何志林点点头，目不转睛地看着蒋建良，他知道要谈工作了。没想到蒋建良却把话题转了。

"志林同志，具体工作我就不说了。我主要是想谈谈这几天的思考。前些日子发生的事情，你也了解，嘉德是一个民工大县，随着经济的发展，进城的民工会越来越多。我想，除了在民工村加强党建工作以外，我们还应该建立一个制度，就是让农民工有表达、反映意愿的通道，政府有必要建立民工知情渠道。"

何志林的脸色顿时严肃起来，虽然蒋建良说不谈具体工作，可一涉及到农民工的话题，他立刻觉得谈话的分量，郑重地说："蒋书记，你说，我记着呢。"

蒋建良说："志林同志，在城镇化过程中，农民工是一股不可替代的力量，是城镇一体化的最重要参与者，我们的每一栋大楼、每一座桥梁、每一条道路，都有他们的汗水。可是，他们距城市很近，却又总进不了城，说到底他们是弱势群体，特别是农民工的第二代、第三代，他们的素质、技能和价值观，会给以后的城镇化带来太多的痕迹，在特殊情况下，他们的心态也许会成为城镇化的'定时炸弹'。这绝对不是危言耸听。从理论上说，我们的城市应该为进城农民工在社会保障、医疗、教育等方面做好接纳的准备，但是我们的社会发展太快了，很多方面根本来不及准备呀。怎么办呢？我考虑了许久，在现阶段一定要有渠道，反映他们切身利益，那就是让农民工参加我们的各级党代会、人代会和政协会议，在这方面，我们要敢于大胆地突破原有的框框，不能以户籍……咦，那么多人在干吗？"

隔着窗户，蒋建良欠起身，看到对面的草坪上，聚了许多人。他看到了沈跃进、沈前进、田中华、刘建新等，还看到了汤启明，大家似乎在商量啥事。

顾越珉闻声入内，说："蒋书记，沈跃进、沈大为要回乡去了，大家来送送他。"

"哦，都快过年了，他们怎么突然想到要走了？"

顾越珉犹豫一下，说："蒋书记，沈军死了。"

蒋建良脸色骤变，说："沈军死了？怎么会呢？"

顾越珉没有表情地说："沈军在东湖林场接受劳动改造，据说空余时间写小说《仰望星空》，一个星期前，他接到奶奶去世的消息，烧了文字后就突然自杀了。他爷爷在医院里躺了整整三天，今天坚持要回乡了。"

蒋建良深深地叹口气，说："志林同志，我们去看看老沈吧。"

蒋建良刚走到住院大楼门口，沈大为抱着沈军的骨灰盒，从对面的输液大厅出来，一边走一边说："小军，爷爷错了，爷爷不该带你到这个花花世界里来，这里不是我们的家，你的家在山沟沟里。现在，爷爷带你回去，把你埋在你奶奶的身边，将来爷爷也埋在一起，我们一家人就团聚了。"

　　这番话说得大家一起落泪。蒋建良极力克制胸中的波澜，一扭头看见汤启明，感慨地说："你也来了，是该来呀，我们不应该忘记农民。"

　　汤启明的眼睛里闪着泪光，说："蒋书记，我想到了上山下乡，那时候，老乡们善待了我们这些城市小青年，教会我们怎样生活，怎样劳动，可今天他们进城了，我们能为他们做什么呢？"

　　蒋建良点点头，抓住沈大为的手臂使劲地晃动，却一句话也说不出来。他转过脸，说："启明，你马上派个车，把老沈送回家。"

　　"蒋书记，刘建新已经安排车辆了。"

　　"好，好，小刘，我谢谢你。三代以上，我们都是农民呀。"蒋建良扭头说，"达军，别走了，留下安心过年吧。"

　　姚达军激动地说："蒋书记，我哪儿也不去了，我的家就在这里，你说，我还能去哪里呢？"

　　大家目送沈大为一家上车，汽车走远了。蒋建良将何志林拉到医护车旁，情绪突然变得非常激动，说："志林同志，你都看到了，我们在任何时候都要善待农民工，一定要给人希望，不要让人绝望。"

　　何志林说："蒋书记，你别太激动，注意身体。这话我一定记住。我也是农村出身，家里也有人在城里打工，我了解他们。没有农民工，哪来的现代化？哪来的城市化？农民工奉献青春、奉献劳力，还奉献了土地，现在又沦为城市的打工仔，我们不能亏欠他们太多。"

　　蒋建良思索会儿，异常坚决地说："我们的事业需要有一大批敢于冲锋陷阵的同志。志林同志，你向县常委会转达我的提议，冯金明担任县公安局党委副书记、常务副局长，姚新敏列入局班子后备干部考察名单，立刻恢复张国华原职，同时担任武水镇党委委员，副镇长。这件事我会直接向市委陆书记汇报，你也要大胆开展工作，不要有顾虑。总之，我们可以让干事的同志流汗流血，但我们不能让干事的同志流泪啊。"

　　蒋建良上了医护车，前面有一辆警车开道，他没有制止，也无法制止。他不知道开警车的就是张国华。他躺在车里的病床上，看着头顶上轻轻摆动的输液管，嘴里反复地念着一个名词："农民工，农民工……"

三十五

"且天下之治乱，候于洛阳之盛衰而知；洛阳之盛衰，候于园圃之废兴而得。则《名园记》之作，予岂徒然哉？"

夜色中，伴随着绽放的美丽的烟花，还有刘晓宁琅琅的读书声。刘建新皱皱眉头，心想这丫头究竟在背诵啥，自己怎么一句也听不懂。他让儿子刘晓平去喊姐姐来吃晚饭。一会儿，刘晓平跑回来，说姐姐还要背课文，等会儿再吃，让他们先吃。刘建新知道女儿不愿意和大家一块儿吃饭，立刻把脸沉了，看看大家说："来，大家举杯，先把这杯酒干了。老太婆，黑妹，上菜吧。"

年廿九的晚上，刘建新特地在屋前搭了个大大的帐篷，摆了两个圆台面，将电视机也搬在棚里，又从邻居家借了许多凳子，有竹制的、木制的、塑料的，有长凳、短凳和方凳，把没有回家的农民工都召到了一起。他对大家说，大家忙了一年，聚在一起吃顿团圆饭吧，来年我们接着干。大家都叫好。姚达军怕李美丽一个人忙不过来，特地让黑妹早早过来帮忙。

炉灶内火焰沸腾，透出阵阵红光，饭菜的香味在空气中弥漫，一开始大家还相互说些客气话，两杯酒倒进喉咙，话就渐渐地多起来了。

姚达军举杯在手，感慨地说："这一年过得真不容易，出了那么多的事。要不是有蒋书记那番话，我还真不知道这会儿在哪儿过年呢。也不知道蒋书记啥时能回来，他说好大年初一来我店里吃火锅的。"

刘建新见姚达军目有泪光，连忙用话岔开，说："吉人自有天相，老古话说得好，能当官的都是天上的星宿下凡，你瞎操这份心做啥？你老哥在哪儿过年？"

"他去了他大舅哥家，安置时，我们到了武水，他大舅哥家去了湖南。"

"还是回来吧，老家都成了库区，他还能去哪儿，这里总是他的家呀。"

"我也是这么寻思，一个人总得有个窝，不能一辈子寄人篱下。"

刘建新把酒杯举向孔华明，说："你和黑妹的事啥时办呀？"

黑妹正托着红烧大鲤鱼走过来，一听话扯到自己身上，连忙说："谁看得上他呀，傻啦吧唧的，瘦得像根竹竿，风一吹就倒的干货，谁稀罕呀！"

姚达军哈哈一笑，说："谁稀罕，行，给你换个大胖子，压不死你才过瘾呢。"

众人哈哈哄笑。孔华明站起来，举着酒杯，说："笑啥，我就稀罕黑妹，结婚不就是你压我我挤你才有趣嘛。黑妹，来，我们喝个交杯酒。"

小孩子听不懂大人之间的调侃，一个个溜到棚外去放鞭炮。在噼噼啪啪的鞭炮声中，一群小孩蹦蹦跳跳地唱："二十三，祭灶王。二十四，扫房子。二十五，磨豆腐。二十六，去割肉。二十七，宰只鸡。二十八，把面发。二十九，蒸馒头。年三十，熬一宿。年初一，扭一扭，好事全都有！"

刘建新出了大棚，见刘晓宁和弟弟在一起点鞭炮，说："晓宁，刚才你叽里咕噜念啥，又不是英语，怎么一句也听不懂？"

"老爸，我在背《书洛阳名园后记》，北宋李格非写的，他是李清照的老爸。张老师说，前两年高考有这内容，占2分。予故尝曰：洛阳之盛衰，天下治乱之候也，园圃之废兴，洛阳盛衰之候也。"

刘建新听得莫名其妙，看着女儿摇头晃脑的背影，心想什么猴呀猴呀，园圃里养那么多猴子干啥？他正呆呆地想着，就见到刘福祥从外面走过来，问："爸，你去哪里了？"刘福祥白了一眼，说："我去喂藏獒。过年了，你们都知道改善生活，也不怕它饿？"

"猴子，藏獒？"刘建新觉得脑子有些乱，还没有回过味，只听得大棚内兴奋的声音："看，美娟，你们看，像不像万美娟？"刘建新赶紧走进来，问："美娟？在哪？"黑妹说："刘老板，电视里那个广告模特儿很像是美娟哩。"刘建新一愣，连忙说："快打手机告诉王永昌，让他查查是哪个台播的，写封信去找找。"沈前进摇摇头，说："别找了，该回家时美娟会回家的，不想回家找也没用。再说，永昌年龄也不小了，刚处个对象，不容易，别耽误人家了。"

正说到这里，手机响了，沈前进一听，立刻从凳子上蹦起来。沈跃进在手机里告诉说，沈军已经落葬。他和老爸在城郊接合部租了个店门，打算开一家送水站，陈孟仪不回来了，想在家乡种大棚蔬菜，田中华和夏秋雁过完正月十五就带孩子回武水……

村道上响起了脚步声，很远就传来"恭喜发财"的道贺声。夜幕暗蓝。透过橘林的枝叶，刘建新循声望去，见张国华和一些村干部前来慰问，连忙迎了出去。张国华乐呵呵地抱拳向大家提前拜年，村干部将一个个红彤彤的大礼包交到民工手里，还告诉说，省京剧团送戏下乡，大年初二在县城影剧院举办演出专场，政府出钱请大家看戏。就在大家喜笑颜开的时候，张国华说："老姚大哥，下个月要开两会了，你准备了啥提案呀？"

前一天，姚达军接到通知，被增补聘为县政协委员，沈前进作为农民工代表，也将列席旁听县人大会议。姚达军兴奋地说："张所，通知我收到了，可提案怎么写，我不明白呀，你得教教我。"

张国华说："提案就是一事一议，反映你们最关心的问题，要求政府引起重视，帮助解决……"

"这就是提案呀？"不等张国华说完，孔明华说，"老姚大哥，你就反映，我们也要享受廉租房待遇。"

不等说完，黑妹从桌上抓起一砣糖糕塞进孔明华的嘴里，大声说："别听他的，老姚大哥，你就写我们农民工要医保，看病最好能够在当地报销，回原地报销太麻烦了。怎么？老沈大哥，我说得不对？"

"对，对，你们说得都对。不过，我觉得最重要的是让孩子们读城里的好学校。我们辛辛苦苦为了啥？还不是为了让孩子以后比我们有出息。"

张国华笑了，沈前进的儿子在读初二，秋季就要上初三，孩子的教育质量自然是头等大事。村干部又去其他慰问点。张国华见众人仍旧在兴奋地议论，朝刘建新使个眼色。两人走出了大棚，来到村道口。

张国华知道在下个月召开的镇人代会上，自己将成为副镇长，除了负责社会治安，还分管工业。他角色转换了，自然很关心开春后民工返回的情况。

"年后啥时能开工？"

"正月十五以后。"

"这么久？"

"你们政府部门年初七上班，我们农民过了十五吃完元宵，才算过完年呀。"

"哦，那你多打几个电话，让民工们早些回来。"

"好的，过了初五我就打。没有农民工，我当什么老板呢。"刘建新心里想，我就是不为政府考虑，为自己考虑也希望民工早点回来呀。他说："张所长，有一件事想请你打个招呼。"

刘建新告诉张国华，有一笔款子大新建筑公司老板陆建中已经拖了一年多，明天除夕是今年讨债的最后一天，过了明天再要讨债要等正月十五以后，所以，明天他想进城去讨债，希望张国华出面和有关部门协调一下。张国华知道年底讨债难度很大，还是点点头，说："我尽量协调吧，你也别抱太大希望，到了年底，资金谁都紧张。"

　　村里鞭炮声此起彼伏，烟花的斑斓映红了夜空。刘建新回到大棚，民工都散去了，只有黑妹在帮着收拾碗筷。刘晓平蹲在雪地里点鞭炮。刘晓宁一边看一边吃着糖糕。刘建新看了会儿说："小宁，你只能松两天，听见没有？"

　　李美丽在一旁收拾碗筷，说："小宁今天中午刚放假回家，你就让女儿多休息几天吧，过了初五学校又要补课了。"

　　刘建新生气地说："你懂啥，头发长见识短，小宁今年高考，能放松吗？你没听说，在我们嘉德县有三种人最苦，农民工、武警战士还有高三毕业生。农民工干活辛苦，武警战士训练刻苦，高三毕业生复习更苦。现在你让她放松，将来她会哭一辈子的。我敢吗？"

　　刘晓宁回头嫣然一笑，说："老爸，你太烦人了，这道理我懂。年初一是情人节，我要去同学家吃饭。过了情人节，初二我就抓紧复习功课。我可不想当洗澡蟹。"

　　"洗澡蟹？什么洗澡蟹？"

　　"稻田里养出来的蟹有股土腥味，不好吃。有些人买了稻田蟹以后，就放在太湖里浸泡几天，再拿到市场上冒充阳澄湖大闸蟹去卖高价，这个就是洗澡蟹。现在，也有人讥讽我们这些农村同学是洗澡蟹，来校园里洗个澡，换个马甲……"

　　刘建新听到这里，心头蓦然一跳，不由得想起一段往事。

　　有一年，他到县城参加民营企业家座谈会，会场上气氛很热烈。中途，他上厕所，正要推门进去，听到里面有人在议论。

　　"什么民营企业家，还不是一群土鳖。"

"暴发户，有啥本领，捧得那么高！"

……

刘建新一甩手进了屋，李美丽拎着一篮碗筷走进来，嘴里还在喋喋不休。刘福祥坐在墙角的板凳上，一声不吭啪嗒啪嗒地抽烟，周园珍不停地往灶膛里泼水，在阵阵噗噗的水汽里，火烬渐渐地成了湿漉漉的水灰。刚才，刘建新光顾了和大家说话，这会儿觉得有点饿了。他伸手从盘里拈了块糯米糖糕，咬了几块又发呆，闷了许久，忽然说："其实，我也是个农民工，虽然我已经进城，买了房子有了蓝本户口，可在城里人的眼里，我依旧是个乡下土鳖。老婆，如果小宁能考上大学，将来再出个国，就能成为真正的城里人了，不是洗澡蟹了。你懂吗？说了你也不明白，白浪费唾沫。"

刘建新不再说话，把脸转向天空，看着夜空中色彩斑斓的礼花，想到明天除夕要进城讨债，而明天又是一个13，不由得在心里暗问自己："明天还会发生些什么呢？"

修改完毕 2022 年 9 月 15 日

后　记

　　本人所在县是农民工最早进入的县域之一，也是浙江省农民工数量最多的地方，仅公安机关登记在册的人数，就与本地户籍相等。从 20 世纪 80 年代末，作者就开始关注农民工进城问题。在二十多年新闻采访期间，接触了不少农民工，包括农民工的第一代、第二代和第三代，采访过社会各个阶层人士，也做过专题性调研。

　　农民工进城，实际上就是农民进城。农民工进城，自有这个群体的先天不足，但坚毅顽强和勤劳善良是农民工优良品质的主流，农民工在社会大变革中的伟大作用更是有目共睹，所作出的贡献可与日月同辉。

　　"历史不过是追求着自己目的人的活动而已"。从历史经验看，现代化的过程一定会伴有农民进城的潮流，城镇化的过程就是农民进城的过程。农民工与城市之间的隔阂，是历史形成的，不可能在短时间消失。因此，农民工进城的浪潮将会伴随城乡一体化的始终。没有农村的城镇化，就没有中国的现代化。在这方面没有现成的路可走，也不是靠红头文件可以说教的，长期以来，从政府到社会各个阶层，都在进行艰苦地探索。所以，我始终认为，不单单是农民工，社会各阶层从政府官员到寻常百姓，也都有一个从物质层面到精神层面的"进城"过程。这个"进城"的洗礼，是中华民族走向伟大复兴的不可或缺的阶段。

2014 年 5 月就完成《进城》初步提纲，以后不断地修改，整个写作过程常会有一些困惑莫名其妙地从脑海里跳出来，不得不停笔，等想通了、想透了再断断续续的写，一直到 2021 年底才完成初稿，又继续修改。永远对时代怀有深沉的热爱，并相信希望就在前方。这是我写作的初心。至于写得如何，只能让读者自我评判了。

我曾经是知青，对农民这个群体从生活到心态不能说很陌生。当我写到书中人物说的这段话时，"我想到了当年的上山下乡。那时候，老乡们善待了我们这些城市小青年，教会我们怎样生活，怎样劳作，可今天他们进城了，我们又能为他们做些什么呢？"我流泪了。

是为后记。

曹　琦

2022 年 9 月 21 日